# Casi nada que ponerte

Lucía Lijtmaer

# Casi nada
# que ponerte

EDITORIAL ANAGRAMA
BARCELONA

*Ilustración*: © Lucía Lijtmaer

*Primera edición*: *junio 2023*

Diseño de la colección: Julio Vivas y Estudio A
© Lucía Lijtmaer Paskvan, 2016, 2023
Por mediación de MB Agencia Literaria, S. L.
© EDITORIAL ANAGRAMA, S. A., 2023
Pau Claris, 172
08037 Barcelona

ISBN: 978-84-339-1963-2
Depósito legal: B. 5622-2023

Printed in Spain

Romanyà Valls, S. A.
Verdaguer, 1, 08786 Capellades (Barcelona)

*Para Estela y Eduardo*

¡Vivan las cosas!
Y las casas que no hay que explicar.

NUEVA VULCANO,
«Las cosas y las casas»,
*Juego entrópico*

Aquí estoy. Soy tu madre. Te espero.

Inscripción de la Basílica
San Nicolás de Bari,
calle Santa Fe, n.º 1352,
Buenos Aires

El primer libro es una explosión en el espacio. Para ti es la más bella, con todos esos destellos de helio y carbono. Sus fragmentos son poliédricos y brillan como joyas, no dejas de admirarte de haberlo logrado. Pero como una explosión en el espacio exterior, no hay aire que transmita su sonido, es una explosión muda y para ti hermosa. Tienes ego, claro, eres escritora. Solo existes tú y el libro, tú consciente de que has dado vida a algo que solo existe allí para ti, y que anhela ser visto, mírame mamá, mírame de lo que soy capaz. *Casi nada que ponerte* es un libro que me costó mucho escribir, no tanto investigar. Entrevisté durante meses a sus protagonistas y a su entorno. Estudié la fundación de Buenos Aires y la historia de la moda argentina. Me empapé de los distintos y muy variados cambios económicos que sufrió Argentina desde los años cincuenta del siglo pasado para poder comprender qué había hecho del negocio de Jorge y Simón un modelo de éxito. Encontré datos fascinantes, como que las casas de moda de lujo a principios del siglo XX mandaban a copistas a París para asegurarse de que los modelos de alta costura que vendían eran copias exactas de los de allí. Entendí los flujos de las primeras migraciones en relación con el negocio de la moda: planchadoras y bordadoras francesas, como la madre de Carlos Gardel. Me empapé todo lo que pude de esos datos para dar credibilidad a lo que iba a ser una crónica-reportaje sobre una pareja genial y extraña. Y después, todo mutó. Comprendí que la voz narrativa no podía estar exenta de algo importante, de una verdad evidente: ¿quién era yo en esta historia y por qué la estaba contando? Me resistí durante mucho tiempo a incluirme como narradora. Comencé a tener insomnio. No quería hablar de mí, de mi familia, de nuestras vidas. Aun así, algo brotaba: una crónica sincera y real sobre el porqué de narrar ese palacio en ruinas, esa pareja que se cuida y se ama hasta el final. Porque era mi propia fascinación con su vida, con su lenguaje, con su cariño la que me hacía partícipe. Yo no era cualquier narradora, yo era para ellos la niña que habían conocido, años atrás, a quien contaban esa historia. Y, por eso, debía honrarla. Si ellos me habían abierto su mundo, era justo que al menos yo ofreciera una pequeña ventana del mío. Ahí nació esa otra parte personal: el relato de las fotos viradas al naranja, de cómo un exilio fue narrado en mi propia esfera doméstica, el homenaje a todas mis amigas de la infancia, esa familia adquirida, esos afectos que son fotocopias de una misma historia repetida en cada casa, con sus propias particularidades.

*Casi nada que ponerte* tardó muchísimo en ser vista, en ser leída. Siguió uno de esos tortuosos procesos del mundo editorial que tiene que vivir un escritor novel. Comenzó como un encargo vendido a una multinacional que el editor después decidió no publicar. «Es demasiado raro, demasiado literario», decía. «Hay homosexuales, pero ¿dónde está el sexo? No hay suficiente sexo», recalcó. Era el año 2010.

Guardé el libro en un cajón. Seguí escribiendo otras cosas, novelas, artículos. Los artículos se publicaban, las novelas no. Seguían pareciendo raras a agentes, editores. Años después, Enrique Murillo, el lince de los libros, me preguntó si tenía algo largo escrito. Le enseñé *Casi nada que ponerte* y le entusiasmó. Lo publicamos finalmente en 2015, justo cuando me mudé de Barcelona a Madrid. La explosión en el vacío había sido vista, finalmente. Alguien la veía, alguien la oía. No hay palabras de agradecimiento suficientes para Enrique: él me vio y se atrevió. Le tengo mucho afecto a *Casi nada que ponerte*, y, aun así, el pudor sigue apareciendo. Veo en él un intento serio de escritura con voz propia, una pasión por narrar y una voluntad de experimentar con la forma. También, por qué no, mis primeros tonteos con el humor.

Esta edición revisada con la paciente y quirúrgica Isabel Obiols ha respetado el texto y la estructura prácticamente en su totalidad. Hemos corregido algún error fáctico y estilístico, salvaguardado la intimidad de algunos testimonios con seudónimo y mantenido todo lo demás. Hemos desempolvado el vestido del baúl para ver si aún funciona. Espero que el lector lo disfrute.

Aunque al final del libro están los agradecimientos a todos aquellos que me ayudaron a desarrollar esta historia, ya sea con consejos o con los más básicos cuidados, quiero mencionar aquí a mis amigas, que creyeron que esa explosión en el vacío debía ser oída y me alentaron sin parar a que así lo fuera, con sus ánimos y sus recomendaciones a editores y conocidos. Ellas saben quiénes son. Mi deuda con vosotras es infinita.

Y ahora, que se alce el telón.

13

# Nosotros

–Pero ¿qué viniste a hacer acá?

El señor gordo rubicundo no habla, solo mira al infinito y se mece. La pregunta no procede de él, sino del otro, un señor larguirucho de unos sesenta años, con la cabeza llena de rizos canosos. Él me mira directamente a los ojos, mientras los suyos sonríen desde detrás de unas gafas doradas con cordel. Su sonrisa es pícara, divertida y paciente.

–Sos igual que tu papá, hablás poco.

Agarrada a mi grabadora y mi cuaderno de notas, siento cómo me sudan las manos. He venido a entrevistarlos a ambos. A que me cuenten su vida. Creo que también a escribir un libro. Pero algo me distrae y no entiendo de qué se trata.

A mi alrededor, el mundo se reduce a una cocina funcional, un televisor de treinta pulgadas y esas dos personas. Una me mira con elegante sorna, mientras que la otra se mece a su lado, pero lejos de aquí. Los objetos me distraen: el jersey italiano del señor de rizos, la mecedora, el televisor.

–Vos querés que te contemos todo sobre nuestra vida,

pero nuestra vida no es importante. Nosotros no somos importantes; lo que importa es lo que hicimos y eso ya no le interesa a nadie; no somos modernos. Ríe. Su voz es tan nasal que podría confundirse con la de una trompeta. En mi recuerdo, el señor de rizos tenía el pelo oscuro y no cano, pero de eso hace ya treinta años. En mi memoria, un abrigo de terciopelo carmesí, un suelo de mármol del color del interior de una caracola y el olor a café, y a alguien diciendo: «No toqués nada». Aquí y ahora, en el año 2008, el señor gordo se mece con el ceño fruncido. Suena una melodía reconocible desde la televisión y, de repente, abre bien los ojos y se echa a reír. Una carcajada enorme lo invade todo: el monólogo, la música, la grabadora, la escena entera. Ríe y me sobresalta con su risa alucinada, histérica, mientras grita: «¡No somos! ¡No somos!», y cuando se levanta de un salto de la mecedora, el otro tiene que calmarle y limpiarle la saliva de la boca, pacientemente, hasta que vuelve en sí.

*El avión*

Esta historia, en realidad, empieza con un avión.
Esta historia empieza y termina con un avión.
Cuando yo era pequeña, me encantaba volar. Me gustaban los cinturones de seguridad, el olor a plástico de las bandejas que se reclinaban y todo el ritual de salvamento de las azafatas, que eran algo así como las hadas madrinas de los aviones, las princesas de los cuentos, con su maquillaje mate, sus zapatos de tacón y sus sonrisas relucientes. Creo que jamás fui revoltosa en un vuelo, me gustaba todo demasiado. Suponía un gran acontecimiento para mí, como también para mi familia. Pero en mi caso era un

hecho esencialmente bueno, sin que albergara ninguna angustia ni expectativa. Fui una niña acostumbrada de forma inusual a los aviones desde pequeña, mucho más que mis compañeros de colegio. Casi nadie en mi escuela había ido en avión como yo, en vuelos tan largos. Mis padres habían dejado Buenos Aires en 1977, cuando tenía siete meses de edad, y tras los primeros tiempos de asentamiento después de la emigración, íbamos a Argentina cada dos o tres años, más o menos, desde que guardo recuerdo. Durante toda mi infancia, pocas veces fuimos los tres juntos porque era muy caro.

Hasta los seis años, pensé que Argentina estaba en el cielo. Mi confusión, ahora me doy cuenta, tenía un sentido: siempre recordaba el despegue, el cielo azul, las nubes de algodón y fantasía, y la maravilla técnica que significaba volar. Nunca le presté mucha atención al aterrizaje porque tras doce horas de vuelo no recordaba nada. Ese cielo azul lo asocié desde siempre a la bandera nacional, blanca y celeste. Así que cuando me preguntaban por mis abuelos, que vivían en Santa Fe, en Argentina, yo señalaba hacia lo alto. «Ahí es donde viajamos. Ahí es donde están», decía. Con seis años, eso parecía muy sensato.

Diez años más tarde, en un vuelo entre Santa Fe y Rosario, en uno de esos viajes familiares, desarrollé una fobia patológica a los aviones. No hubo ningún incidente terrible, más allá de un movimiento muy fuerte que sacudió el aparato hacia todos los lados durante unos veinte segundos. Las azafatas corrieron rápidamente a abrocharse los cinturones y no pasó nada. Pero en aquel momento me convencí de que yo iba a morir en uno de esos vuelos.

Esta historia, *mi historia*, empieza con ese avión.

«Los malos libros de viajes siempre empiezan en un avión», pienso ahora. Si esto fuera un mal libro, yo explicaría de qué modo un manto de luces como diamantes se abre ante mí, mientras el avión desciende y surge de pronto el conurbano bonaerense. La enorme megalópolis que me espera. Pero no es así. Conozco los malos libros de viajes porque he tenido que leer unos cuantos. Durante mucho tiempo fui lectora de una editorial y me dediqué a seleccionar manuscritos que enviaban escritores noveles para un concurso en el que el premio era la publicación de una crónica de viajes. Todos empezaban así: «Descendemos sobre Bombay. Un amplio manto de luces como diamantes se abre ante mí. La enorme megalópolis me espera». Se convirtió en un mal chiste.

Ahora pienso: «Podría empezar con este avión, pero lo he hecho con ese otro. El avión de mi infancia. El avión, más adelante, de mi primera noción de la muerte».

Cada niño, como cada adulto, tiene una narración de su propia vida y de cuanto le rodea. La mía empezó con un avión que me transportó de Buenos Aires a Barcelona a los siete meses de edad. Mis padres dejaron atrás un país marcado por la dictadura militar y empezaron su vida en otra parte. Esta frase que acabo de escribir no significa nada. Esa frase es lo que explico cuando alguien me pregunta por el origen de mi apellido.

–¿Cómo dices que te llamas?

–Lijtmaer.

–Y eso, ¿de dónde es?

–Polaco.

–Pero tú no eres polaca.

–No –digo, e intento no recordar a aquel novio que

me llamaba Polaquita. «No», repito, e intento no recordar a aquel otro novio que se reía de que fuera catalana, argentina, polaca y de apellido judío; todo a la vez.

Esa frase, pues, no significa absolutamente nada para el que la emite, se deslava de tanto usarla. Es una síntesis de una narración mucho más importante. La de un viaje, una construcción, una salida. Durante años, su sentido fluctúa: cuando eres pequeño, es solo una frase. Ya de adolescente, se convierte en una narración épica de exiliados. Mis padres se conocieron militando en el MLN, el Movimiento de Liberación Nacional, conocido como MALENA, una organización de izquierdas de corte marxista que creía en la revolución a través de la educación y que cuando empezó la lucha armada se disolvió. Mis padres pasaron miedo, como tanta otra gente; tuvieron amigos cercanos que desaparecieron, de modo que decidieron irse del país después de que yo naciera.

En mi caso, mucho más adelante, volvió a aparecer esa frase.

«Mis padres dejaron atrás un país marcado por la dictadura militar y empezaron su vida en otra parte»; de hecho, una construcción tan buena como cualquier otra cuando te presentan a alguien en una fiesta. Pese a que durante mucho tiempo sentí que mi origen era algo especial, enseguida repudié los discursos identitarios que abrazaron en la adolescencia tantos amigos hijos de argentinos. Muchos se sumaron a la ola del nacionalismo siendo aún jóvenes, militando en una especie de nostalgia heredada por el dulce de leche y, en bastantes casos, el peronismo revolucionario, manejando conceptos que no entendía. Por ahí pasé yo, mientras escuchaba a amigos que hablaban como si acabaran de desembarcar de Buenos Aires, Rosario o Córdoba, con un acento impoluto, fumando porros y oyendo al dúo de rock progresivo Sui Generis. Pero también estaba el polo opuesto, aquellos que intentaron borrar todo rastro a través del catalanismo, asistiendo a los *esplais*, aprendiendo sardanas y adoptando unas tradiciones que no conocían, dándolo todo por la integración.

Ser hijo de emigrantes es algo peculiar. De niña no entendía nada. A los cinco años, en el colegio, el vocabulario era distinto. Yo decía «pieza» y ellos, «cuarto». En noviembre llegaba la castañada, que sonaba a algo exótico. *Castanyes i panellets*, explicaba pedagógicamente una profesora dulce y ladina. Le rogué a mi madre que hiciera castañas en el horno de casa y ella accedió, sin tener mucha idea de cómo prepararlas. En noviembre es plena primavera en Santa Fe, la ciudad del litoral argentino de donde ella es originaria. Las castañas explotaron dentro del horno y por poco estalla la cocina entera. Nadie nos dijo que había que hacerles un tajo en la base. Se acabaron las tradiciones de golpe.

Ser hijo de emigrantes te convierte en una isla en medio del Pacífico. Tu pasado es una narración. Es como tener la cabeza metida en un *tupperware*.

Con el tiempo, comprobé que dentro de esa construcción narrativa del viaje, del primer avión, apenas encontraría sentido. Mi familia nuclear (mi padre, mi madre y yo) es inusualmente reservada. Ellos hablaban poco de su pasado, por pudor más que por otra cosa: supe que habían sido estudiantes de izquierda en Santa Fe, que fueron juntos a Rosario, a la universidad, y que ahí pasaron una de las etapas más felices de su vida. Mi padre estudiaba Historia y trabajaba en un banco, como antes hicieron sus hermanos y mi abuelo, y mi madre también estudiaba Historia mientras ejercía de profesora de Ciencias Sociales en un instituto. Cuando «la cosa se puso pesada», se trasladaron a Buenos Aires.

*Cuando la cosa se puso pesada.* Esta frase sí significa infinidad de cosas para el que la emite (mi madre o mi padre, innumerables veces en la cocina de mi casa) y para quien la recibe (yo, infinidad de veces también, cuando preguntaba, algo escabrosamente, sobre la dictadura militar y la historia de mi familia). En casa, casi nunca se iba más allá. La cabeza en el *tupperware*.

A partir de cierto momento, una niña con una frase revoloteándole en la cabeza empieza a jugar con ella. Y cuando se cansa de imaginar, también aprende a husmear entre las fotos.

## Las fotos

Las fotos en mi casa tienen, como todo lo que rodea a mi familia, un sesgo especial: hay pocas. Cuando era pequeña, envidiaba a mis amigas catalanas del colegio porque acumulaban álbumes y más álbumes de todo tipo: bautizos, comuniones, bodas, todo en un orden *real*. Les envidiaba los vestidos, las cadenitas de oro, los regalos, pero, sobre todo, el orden. Era un orden concreto: el propio de las familias cuando todo sigue una regularidad intachable durante generaciones.

En mi casa, cuando yo era niña, había un par de cajas de zapatos con fotos sueltas de los antepasados de mis padres. La mayoría son instantáneas de carné en blanco y negro de mi abuelo paterno en diferentes momentos de su vida. Mi abuelo, Mauricio Lijtmaer, era un hombre de ojos glaciales y calvicie prematura, al que recuerdo como un ser bondadoso, el abuelo perfecto al que veía cada tres años. También hay un par de fotos del día de la boda de mis padres, en Rosario, frente al registro civil. La fotografía la compone un grupo de diez personas. Solo reconozco a mis padres, mis abuelos y mi tío paterno. Me dicen que la de la izquierda, de pelo largo hasta la cintura, era la mejor amiga de mi madre, que acabó yéndose a Venezuela. No sé quién es.

Durante muchos años, en mi casa hubo un único álbum de fotos que pronto viraron al naranja, en las que aparezco exclusivamente yo, de bebé. «Lucía, un mes.» Un bebé rosado. «Lucía, dos meses.» Un bebé rosado y gordo, junto a mi padre o mi madre, indistintamente. Mi padre con treinta años, el pelo y el bigote negros, muy atractivo. Mi madre, con treinta años también, de tez blanca, pelo negro, muy guapa. Se turnaban para sacar las fotos. Solo salimos los tres juntos en una imagen que recogí de casa de mi abuela, años más tarde, cuando mi abuelo ya había muerto. Mi abuela guardaba las fotos, revueltas, en tres cajones que había en su escritorio de caoba –intuyo que el desorden familiar es algo que hemos heredado todos– y en él encontré una instantánea de los tres. Mis padres me sostienen junto a dos maletas. Yo soy un saco de carne muy pequeño. Mi padre mira a la cámara; mi madre me observa a mí. Cuando la llevé de vuelta a Barcelona, pensé, equivocadamente, que les haría ilusión. Mi madre se echó a llorar, desconsolada. Yo no lo sabía, pero había elegido la foto del primer avión que tomamos cuando nos fuimos. «Agosto de 1977, Lucía, siete meses.»

Cuando pasan cosas así, cuando el desconsuelo es tan fácil de avivar, rebuscas en las instantáneas felices. De entre las imágenes alegres que mis padres trajeron en ese primer viaje, hay solamente dos o tres fotos en las que aparecen con amigos.

Una fotografía muestra a mi madre tumbada en el suelo, recostada sobre una amiga que sí conozco, ambas

24

bañadas por la luz de color miel de la tarde, y un tercer hombre con rizos, de quien solo se ve el perfil. Se trata de su apartamento en Buenos Aires, que tiene una única habitación. Al fondo está la cama, y yo aparezco durmiendo boca abajo. Esa foto me encanta por dos razones. Me resulta extremadamente cómica porque yo salgo a lo lejos, como un fardo, tumbada, pequeñita. Y a un tiempo, entrañable, pues mi madre yace enroscada, perezosa en el suelo, lo cual supone un gesto juvenil, despreocupado, muy alejado del rol materno. Mi madre y su amiga salen muy guapas en esa foto, o eso creo. Pero no lo sé con seguridad porque he teñido todas esas imágenes de un valor icónico. «Yo también las he virado hacia el naranja», pienso. *Mi naranja.*

En otra foto estamos otra vez mi madre y yo en un parque, una mañana soleada. «Lucía, tres meses.» Me encanta esa foto porque ella sonríe a la cámara, y yo estoy sentada en un cochecito. Junto a ella sale el hombre de los rizos, esta vez bien iluminado. Él la mira con alegría. En la foto, también es joven. Luce gafas de concha y una camisa entallada. «Es Jorge», me había explicado mi madre o mi padre muchas veces. Yo no recuerdo a Jorge. Esas cosas pasan en mi familia: hablan de alguien a quien yo vi con tres o cuatro meses como si su relación con esa persona fuera tan fuerte que, por extensión, hubiera de ser reconocible para mí. Emigrar es un relato, así que yo también debo establecer una relación con Jorge porque ellos la tuvieron.

Desde la foto, Jorge mira a mi madre con su camisa verde entallada, que en realidad debe de ser azul. Todo vira al naranja.

«A ver si en este viaje nos da tiempo de visitar al Gordo y a Jorge», dice mi padre, deshaciendo una maleta. Nos hallamos en Buenos Aires, y podría tratarse de cualquiera de los viajes realizados durante mi infancia. Esta vez estamos los tres, con la cabeza embotada, tras un vuelo larguísimo, probablemente comiendo empanada de caballa, que es con lo que nos recibía la abuela al bajar del avión. Yo mastico y escucho, mientras las paredes se estrechan ante mí por el cansancio. Soy pequeña.

No recuerdo los encuentros con Jorge y el Gordo, si los hubo, pero sí la intención de mis padres de ver a Jorge en cada viaje –el tipo de los rizos en las fotos– y a alguien a quien llamaban indistintamente el Gordo o Simón.

Con el tiempo, cuando cumplo más años, la narrativa deviene en algo más que esa frase. Se convierte en una historia que empieza con el abuelo Mauricio.

Mi abuelo trabajó en un banco, el Banco de la Provincia de Santa Fe, durante toda su vida. Un hombre de valores constantes, de seguridades. Sus tres hijos estudiaron Historia, Psicología y Filosofía. Ninguna de las tres materias ofrecía la confianza y la respetabilidad propias de un banco. El banco era el lugar perfecto porque se daban facilidades para que los hijos de los empleados entraran allí a trabajar. Los tres hijos de mi abuelo pasaron por el banco cuando salieron de Santa Fe, su ciudad natal, con destino a la cercana y más grande Rosario, que albergaba las facultades donde poder cursar esas carreras de Humanidades.

De los tres hermanos, mi tía fue la primera en conocer a Jorge, contable de su misma sucursal. Más adelante, a esa sucursal fueron mi padre y después mi tío, el menor.

Cuando yo conozca a Jorge, él se reirá, socarronamente, al referir esta reflexión: «Yo los he tratado a todos. Los Lijtmaer, siempre angustiados con el banco. Siempre angustiados con el trabajo». A ninguno de los tres le gustaba demasiado. Se aburrían. No me extraña: qué diablos hacía alguien de veintidós años en un banco provincial, cuando no existía desempleo, sino plena ocupación, ascenso social y cambios acelerados. Argentina en los años sesenta, para un estudiante veinteañero, era un lugar de posibilidades. Un banco, no.

En cualquier caso, así me llega, finalmente, la versión de la historia: Jorge conoce a mi padre en el banco y le presenta a su pareja, Simón, el Gordo. Y de ahí surgen infinidad de anécdotas que me fueron relatadas a lo largo del tiempo. *Jorgeysimón*, una entidad única, habían empezado a vender ropa. Eran diseñadores y les iba tan bien que, en un tiempo indeterminado en el que mi padre conoce a Jorge, este deja el trabajo en el banco para dedicarse en exclusiva al negocio de la moda. Creo que desde niña se me hizo raro que mis padres tuvieran amigos de Argentina fuera del mundo académico. El resto de la gente a quien visitábamos cada vez que íbamos eran profesores universitarios de Historia –la mayoría medievalistas, marxistas o ambas cosas– o personas relacionadas con el psicoanálisis, la profesión de mi madre. *Jorgeysimón*, no. *Jorgeysimón* pertenecían al mundo de la moda, algo tan extraño en el entorno de mi familia como un elefante bailando la conga.

Dentro de esta narrativa, hay un hueco. En toda la historia de *Jorgeysimón*, yo apenas participo a través de los relatos de mi infancia. No recuerdo ningún momento previo a mi viaje en el 2008 en el que interactuemos, salvo una escena concreta que referiré más adelante. Todo lo

27

que poseo son las historias que me llegan, siempre fascinantes, de parte de mis padres o de mi prima Cloe, que tiene mi edad, también vive en Barcelona con mi tía y sí los ve cuando ellas van a Buenos Aires. A lo largo de esos años, me entero de que *Jorgeysimón* ganan cada vez más dinero, hasta el punto de comprarse un tríplex frente al Jardín Botánico, una de las zonas más exclusivas de la ciudad. De que van en yate por el puerto junto con un embajador danés que es inquilino de una de sus propiedades. O de que otra de sus casas, un palacete cerca de Recoleta, sirvió de escenario para el rodaje de la película *Siete años en el Tíbet*, con Brad Pitt. Esta anécdota nos hizo reír muchísimo a mi prima y a mí durante años: ella presenció el casting de los dobles de Brad Pitt. Desfilaban hordas y hordas de tipos rubios y altos. Nos reíamos a carcajadas, presas de la misma excitación juvenil: ambas conocemos a alguien que, a su vez, conoce a Brad Pitt. *Jorgeysimón* se convierten, por asociación, en nuestros dioses.

A la larga, las conversaciones familiares que oigo sobre *Jorgeysimón* se centran más en Simón. «Está cada vez más gordo», o bien «está cada vez más loco». Mi tía regresa de Buenos Aires y se lo cuenta a mi padre, en esos rituales —cada vez más escasos— consistentes en quedar después de un largo viaje para repartir cosas de la familia: las nietas —Cloe y yo— recibimos regalos de los abuelos.

Hasta que, en un vuelo que hace mi padre solo, vuelve de él conmovido. Tras muchos años, esta vez sí le ha dado tiempo de ver a Jorge.

«Está igual, no sabés, está como siempre, quedamos para caminar por la avenida Coronel Díaz y él no me reconoció, pero yo sí, está igual. Resulta que a Simón le dio un ataque, no se sabe muy bien de qué, pero desde hace un tiempo está como aniñado, se despierta a las cuatro de la mañana y solo quiere jugar, ya no trabaja, ya no pueden trabajar. Jorge decidió cerrar el negocio y se dedican a vivir de las rentas de los departamentos; siguen ahí, en la casa enorme, los dos solos. ¿No te parece una historia increíble? Hablamos de cine, de literatura, de un montón de cosas. Jorge está igual.» Solo hace falta esto de aquí arriba, este párrafo tan sencillo, para sentir que esconde una gran historia. Tres días después, le vendo a una editorial que esta es La Gran Historia Argentina Contemporánea. Auge y caída de un negocio. Glamour y derrota. El corralito. Se lo cuento a un editor en la barra de un bar del Raval, gin-tonic en mano. El editor me la compra. Gastos pagados en el anticipo. Un mes más tarde, me voy a Buenos Aires en un avión, en busca de esa historia.

## Las Heras

–¿Te gusta, nena?

Decido, pues, no empezar esta historia, la de ellos, con un mal avión.

Jorge y Simón me esperan arriba, en su casa de Las Heras. Han accedido a que les entreviste para el libro; creo que a Jorge le resulta exótico y absurdo a partes iguales. Durante el mes previo a mi llegada, hemos intercambiado varios mails en los que he conocido el carácter de Jorge: caótico y encantador a un tiempo. Puede estar dos semanas sin contestar, y cuando lo hace, referirse a una deidad griega y no responder a mis preguntas de cariz práctico: fechas, personas de contacto, etcétera. Aprendo rápido que debo moverme a su ritmo si quiero algo. No hay alternativa.

Por fin estoy en Buenos Aires, donde, como cada vez que voy, me paso los primeros días olisqueando el jabón de lavar la ropa. Todo huele a jabón, hasta la contaminación misma. Paso los primeros días charlando con mi tío, el hermano de mi padre, que se muere de risa por que vaya a escribir sobre Jorge y Simón. Me aconseja que lo absorba todo primero y después se lo cuente. «Son fascinantes», sonríe.

Así que aquí estoy. Cuando cede el olor a jabón, voy dando un paseo hasta la casa. Miro el edificio, enorme y lujoso. Casi nadie ha entrado desde que viven ahí, apenas tres personas. La finca es imponente, con una gran escalera de mármol blanco y hierro forjado en el acceso a la vivienda. Hay esquejes de rosas y vitrales, baldosas lustradas en la finca, situada en la avenida de Las Heras, junto a la plaza Vicente López, césped suave y fragante que nos da la espalda.

Jorge y Simón viven en ella desde hace unos cuantos años, retirados.

La casa de Las Heras está en Recoleta, uno de los barrios más grandes del centro de Buenos Aires, y también uno de los más variados. Aun así, la zona que ellos habitan es distinguida sin lugar a dudas. Queda claro por la amplitud de las aceras, los árboles altos y, sobre todo, el tipo de comercios, donde abundan las tiendas de complementos para jugadores de polo, las de trajes a medida de corte británico, joyerías refinadas y salones de té. Es una zona de lujo clásico.

Jorge me ha oído subir en el ascensor de hierro antiguo y modernista, y, en cuanto aparezco en la segunda planta, le veo ahí, parado: es una versión de sesenta años del hombre de las fotos. Le miro detenidamente. Va vestido de manera inmaculada, elegante pero informal, como corresponde a alguien de su oficio y estatus. Pantalones con pinzas, un jersey de pico de color claro y una camisa gris oscuro. Tiene el pelo rizado y canoso, los ojos chiquitos y suspicaces, y lleva unas gafas clásicas, sujetas al cuello con una cadenita de oro. En los dedos, luce un par de anillos finos. Me muestra una serie de tarjetas en donde ha ido apuntando reflexiones sobre su vida y la de Simón. Su sonrisa resulta familiar y extremadamente amable; cojea de una pierna: «Justo hoy, de todos los días posibles, tenía que caerme en la bañera», dice. Su voz es nasal y aguda, muy afectada, muy argentina. «¿Vos creés que es casualidad?», me mira de soslayo. Quiere gustarme. Lo que no sabe es que ya me gusta, cómo va a no gustarme.

Desde la entrada, frente a la puerta de su casa, señala un gran jarrón de terracota. Es una antigüedad, una ánfora de un siglo muy anterior al nuestro, que él me muestra y yo me dispongo a contemplar a la manera de un extraño que observa todo cuanto es antiguo: con reverencia ignorante. El barrio, la finca y la casa me golpean de frente con sus armas, como un museo imperial.

Aun así, nada me prepara para afrontar el interior. La vivienda se aloja en una planta de estructura extraña, dispuesta en forma de U, de unos quinientos metros cuadrados. Entro por la puerta de servicio, así que accedo directamente a la parte de la casa que ellos usan de manera habitual. Los techos son altos, altísimos, y se suceden las habitaciones, casi todas suites con baño. No logro contarlas. Avanzamos por un pasillo y Jorge me enseña algunas habitaciones de esa área, la de diario, la zona práctica, la que habitan. Hay camas grandes, alfombras y pilas enormes de revistas. Uno de los cuartos consiste solo en un montón de revistas apiladas, junto con varias estanterías. Jorge sabe qué clase de impresión debe de causar visto desde fuera. Reconoce que es de locos y se ríe a modo de disculpa.

Llegamos a la cocina, bonita y funcional, y ahí está Simón, tomando el té. También tiene el pelo canoso, bigote y luce –todo él– gordo y lustroso como un buda. Lleva un pantalón suelto y un jersey lila. Me saluda cariñosamente, como si nos conociéramos de toda la vida o nos hubiéramos visto el día anterior. Deduzco que es un intento de disimular. Mi abuela, cuando estaba enferma, hacía lo mismo: si no reconocía a alguien, le trataba con absoluta exquisitez, para que nadie se diera cuenta. Me fijo en que Simón habla con frases muy cortas y certeras, mientras se balancea en su mecedora. Responde casi antes de que termine de formular las preguntas de cortesía. «¿Qué tal...?», «Bien». Eso es lo único extraño en su comportamiento. Me doy cuenta de que está un poco cansado. Lleva en pie desde las cinco de la mañana. Es normal, ambos se despiertan de madrugada. Simón se acuesta a media tarde y, pese a la medicación, no duerme en exceso, siempre abrazado a Jorge. Antes, cuando se sentía muy mal, hace cinco años, dormía mucho más, pero era debido a que estaba mal medicado. Su diagnóstico siempre ha sido vago. El jefe del hospital adonde fueron dijo que era alzhéimer, pero lo cierto es que su cuadro clínico no cumple con los síntomas propios de esa enfermedad degenerativa. Tras charlar durante semanas, descubriré que mantiene la memoria intacta, se acuerda de los nombres de todas y cada una de las personas que conoce, y no padece confusiones con respecto al tiempo externo. Por los análisis que le han hecho, sí se aprecia determinada falta de riego sanguíneo y la verdad es que, atendiendo a su comportamiento, parece haber retrocedido a un estado anterior, más infantil.

Simón va muy abrigado, incluso en mitad de este día primaveral. Hoy tiene un buen día y muchas ganas de charlar conmigo porque sabe que Jorge y yo hemos intercambiado esos mails y no quiere perder detalle. Está ansioso por participar, por gustar. Me dice, encantador, mientras mordisquea galletitas de chocolate: «Tenés un rouge en los labios que parece que sea por tomar el sol. Es muy lindo». De repente, en medio de un silencio momentáneo, se echa a reír y yo me quedo helada del susto. Es una risa histérica, larga, excesiva. A partir de ese momento, me aterra la posibilidad de que estalle otra risa así que no vea venir. Mientras tanto, se mece. *Se mece.*

–¿Querés conocer la casa? –pregunta Jorge, en un intento por distraerme de esa risa.

–Sí, claro.

–Simón, ¿por qué no le mostrás la casa a Lucía?

Y Simón, obediente y agradecido como un niño, abre las puertas de la cocina. Nadie me había dicho que hubiera más de lo que ya he visto. Nadie me dijo que habría más.

Al otro lado de la puerta, surgen enormes salones con sofás aterciopelados. Habitaciones y más habitaciones con arañas de cristal, mesas Luis XIV, perros de cerámica, ángeles y alfombras de cinco centímetros de grosor. Hay obras de arte atiborrándolo todo. Pianos de cola lacados, frascos de perfume dispuestos en hilera, baños de mármol rosa, uno tras otro, y dormitorios cerrados con llave. Hay cuadros cubriendo todas las paredes, con marcos dorados e imposibles, chimeneas recubiertas de mármol y jade, estanterías de caoba, cortinajes con borlas y tapices orientales.

–¿Te gusta, nena? –me pregunta Simón, mientras caminamos.

Por más que lo intento, no puedo contestar. Me he quedado sin habla. Tengo la sensación de que alguien me ha embotado los sentidos con un perfume de jazmín muy fuerte que emana de ese otro lado. Soy incapaz de reaccionar.

–A mí me parece un poquito recargado –dice él, falsamente comedido, jugando a las visitas. Avanzamos despacio y Simón sigue abriendo y cerrando habitaciones con un juego de llaves que sujeta en la mano, hasta llegar a un pasillo largo que desemboca en la entrada principal, la que no hemos usado antes. A lo largo de este, se suceden unas alfombrillas, y en las paredes diversos espejos enmarcados por antiguos frascos de perfume de color azulino, verde botella, rosa palo. La sucesión de espejos y frascos se perpetúa hasta el final del pasillo, lo que simula una versión casera de la Galería de los Uffizi, logrando un efecto multiplicador, manierista. Se trata de un juego de espejos, pero también de algo más inquietante, algo que grita. Cuando cerramos todas las puertas y volvemos a la cocina, acogedora y cálida, se filtra en ella el sol de media tarde. Jorge nos espera, sonriente. Nos sentamos.

Miro a Simón y él me devuelve la mirada. Ahora tiene los ojos achinados, por el paso del tiempo, pero está radiante, lustroso, en buena forma. Me mira y yo le miro. Tomamos el té en la cocina espléndida, antigua, de estilo francés. Me ofrece galletas y me enseña un diagrama para que compruebe cómo está bajando de peso. «Comé, nena, comé.» El diagrama lo componen solamente dos rayitas en una hoja cuadriculada de papel, pero Simón sonríe como un niño satisfecho, ante la irrefutabilidad científica del diagrama y, por tanto, de su dieta.

La mesa de mármol es enorme, sólida, blanca y ribeteada por más mármol rosa y dorado. Simón me mira y yo le miro. Ambos sabemos que acabo de visitar el mausoleo de todo lo que tuvieron.

# Antes

# AL PRINCIPIO

Al principio, antes de que ocurriera todo, hubo una profesora de declamación.

Así debería ser. Tengo que empezar antes, mucho antes. Vuelvo a nuestras infancias, las de todos: Jorge en Rosario. Simón en Campo Sagrado. Mi familia en Santa Fe. Si jugáramos a *qué es Santa Fe*, la ciudad de mis padres, en mi cabeza sería una profesora de declamación. Los recuerdos son como mitos, amplios y espectrales. En mi memoria, a todas luces distorsionada, ella vestía un camisón de hilo blanco y zapatillas bordadas en azul cielo y se frotaba nerviosamente las manos nudosas. Casi siempre llevaba puestos unos rulos para dar forma a los pocos hilillos de cabello blanco que le quedaban, y que se tapaba, vergonzosa, si alguien recibía visitas en la casa. Debía de rondar los ochenta años cuando la conocí, en una casa típicamente santafesina, con galería en la entrada y cristaleras tintadas de verde, recubiertas por ganchillo blanco.

Santa Fe, capital de provincia venida a menos, cuna de la Constitución, con medio millón de habitantes, casas bajas, lodo y mosquitos. Pero también evoca su nombre alfajores glaseados, tomar el té, esperar a que caiga la no-

37

che, de acento suave, una localidad apodada La Cordial. Se trata de una ciudad entre dos ríos, permanentemente inundada. Mi abuelo materno José pescaba en el Paraná desde el coche. El río marrón, la laguna de Guadalupe. Mi otro abuelo, Mauricio, hacía asados, todo se mezcla en mi mente. Cuando era pequeña, Santa Fe era mi lugar preferido. Mis abuelos paternos estaban vivos y para ellos una nieta en casa era una fiesta nacional de la que disfrutaban cada dos, tres o cuatro años. Algo muy común en Santa Fe, me di cuenta enseguida, era la relación que se establecía con los vecinos de las casas de al lado. La mayor parte de la población fuera de Buenos Aires vive en edificaciones bajas, de una o dos plantas, y eso crea vínculos básicos con las casas colindantes. En cuanto llegué, me llevaron a conocer a la vecina, que tenía una nieta de mi edad. La nieta se llamaba Ana; la abuela, Blanquita.

En mi recuerdo distingo la casa. Al fondo están el pasillo y una oscuridad permanente para poder soportar los días en extremo calurosos de una de las ciudades más húmedas de Argentina.

En mi memoria, la nieta me hace pasar al fondo de la casa, pasillo abajo, hasta donde se encuentra Blanquita, resguardada del calor, tejiendo y sonriendo, plácida. Blanquita me mira y saluda con voz aguda y gestos educados, correctos.

La llamaban Blanquita, nunca supe por qué; eso sí, el apodo le caía bien, pues era pequeña y blanca, como tantas mujeres de ochenta años. Casi seguro, habría otra razón para aquel apelativo, una más fortuita e injusta, como pasa siempre en ese país donde el nombre con el que naces no es más que un dato circunstancial antes de que alguien llegue y te bautice con el consabido alias para el resto de tus días. Algunos guardan relación con el físico –Petiso, Gordo, Negro–; otros, con las profesiones –Galleta, Manteca–; los hay incluso familiares, cariñosos, y por tanto más onomatopéyicos –Nené, Teté–, pero la mayoría son aleatorios.

Blanquita era profesora de declamación como muchas otras mujeres de su generación: como una excusa para ganarse la vida. La profesión de declamación, tan aparente e inútil, era el recurso habitual de las mujeres que se consideraban más refinadas que las amas de casa y solía presentarse bajo la forma de un sintagma completo: «Profesora de piano y declamación». Por lo general, las mujeres de clase media que debían trabajar eran maestras. Y las que no lo eran, ofrecían una educación más doméstica pero no menos necesaria para las chicas casaderas: la música y el arte de saber recitar poesía, tan decimonónicos, se ofertaron hasta bien entrados los años sesenta en todas las localidades argentinas.

Hay una razón para que yo explique esto: en los primeros recuerdos que guarda Simón G. también hay una profesora de declamación, Graciela. Yo necesito vincularlas entre sí para poder entenderlo. En la memoria de Simón, Graciela es muy distinta de mi Blanquita: joven y alegre, la muchacha había llegado a Campo Sagrado, el pueblo de Simón, para que las niñas y algunos niños recibieran sus primeras lecciones de piano, además de aprender a recitar poesía y teatro. Cada viernes adornaba con guirnaldas la casa donde los chicos acudían a tomar sus clases, representar obras de teatro, disfrazarse y comer sándwiches de miga. Simón lo recuerda con entusiasmo. Fue su primera lección de refinamiento y fantasía.

En las diversas charlas con Jorge y Simón, intento entender cómo llegó Graciela, la profesora de declamación de Simón, a Campo Sagrado, en la provincia de Córdoba, a seiscientos kilómetros al noroeste de Buenos Aires. Es poco probable que la chica fuera autóctona. Al fin y al cabo, a mediados de los años cuarenta, Campo Sagrado era un pueblo de quinientos habitantes, polvoriento y secundario, apenas un cruce de caminos. Quizá viniera de Las Varillas, un pueblo mayor situado a pocos kilómetros, o de Villa María, la ciudad cordobesa cercana, algo más boyante, si bien con más competencia. Graciela debió de llegar en busca de sustento a un pueblo pequeño donde ya había ferrocarril, aunque poco más. Dotar de refinamiento a una aldea como Campo Sagrado resultaba imposible, pero le daría un trabajo.

En el recuerdo actual de Simón, Graciela era «sofisticada y de una alegría contagiosa». Si los recuerdos son una especie de ensoñaciones, Graciela debió de ser un mito fundacional, que actuaba no solo como profesora de declamación, sino también insuflando en los alumnos su entusiasmo e imaginación.

En la primera casa de todas, la casa de Graciela, Simón se convirtió en su alumno aventajado. *Declamar* no es cualquier cosa; no se trata únicamente de recitar. La declamación es un acto performativo, dramático y musical y, a un tiempo, profundamente afectado. Se asemeja al recitado de versos shakespearianos en pentámetro yámbico.

Son estos los primeros focos que iluminan a Simón. El niño Simón, al que su madre Francisca apoda el Nene —otra vez, los apelativos que marcan—, resultó poseer un talento natural que le hizo merecedor de varios premios desde muy joven. Y, por encima de todo, anhelarlos. Al fondo de este decorado, Graciela sonreía, orgullosa. Los primeros focos, la primera mujer contenta. Debió de sonreír, seguro.

En otra vivienda, quince años después y a trescientos kilómetros de distancia, un adolescente moreno tomaba el té en casa de Blanquita. Ese adolescente es mi tío, el amigo del hijo de Blanquita. Yo lo ignoro cuando voy a casa de la señora, siendo una niña. Esta historia me la cuenta mi tío, en un bar de Buenos Aires, tomándonos unos vinos, años después. Pero en la historia que me relata él es un adolescente y está nervioso ante la madre de su amigo, mientras intenta comportarse con corrección. Junta las rodillas y se yergue en su asiento. La postura es algo primordial en las casas pudientes, y él sabe que se tiene que portar ante la envarada profesora.

Sentados frente a frente en un sofá tapizado para las visitas, Blanquita le pregunta, con formalidad:

—¿Qué quiere estudiar usted cuando termine el secundario, jovencito?

—*Silocogía* —replica el joven.

*Si-lo-co-gí-a*. Blanquita, a sus cuarenta y tantos años, mucho antes de que yo la conociera, enrojece de pies a cabeza con el lapsus del chico. El adolescente, también.

He aquí, por fin, ante todos, la irrupción inesperada del deseo, ensordecedor. Que entre.

# BUENOS AIRES, 19 DE DICIEMBRE DEL 2001

A finales del 2001, Argentina está abocada al desastre. El gobierno de la Alianza de Fernando de la Rúa se halla al borde del colapso, tras mostrarse incapaz de afrontar una situación económica de crisis absoluta, lo que ha empujado al país al caos. En noviembre del 2001, los inversores extranjeros comienzan a retirar masivamente sus capitales ante la desconfianza que provoca la situación general y, a principios de diciembre, el gobierno firma el decreto que supondrá su sentencia de muerte, al establecer el llamado «corralito», por el cual se inmovilizan prácticamente los ahorros de los ciudadanos.

Las protestas sociales, que se suceden desde el inicio de la crisis financiera, ahora se tornan más fuertes. La clase media se echa a la calle y la crisis económica se convierte asimismo en una crisis política. El lema «Que se vayan todos» se populariza, pero también lo hacen los «cacerolazos» como medida de protesta.

El 19 de diciembre, Buenos Aires estalla. Se declara el estado de sitio; mientras los manifestantes se agolpan en la plaza de Mayo, la policía reprime a la población de forma indiscriminada. Mueren 38 personas.

Mientras la gente avanza por las aceras rotas de Buenos Aires, cada vez más cubiertas de excrementos, no resulta fácil imaginar que él se encuentre ahí arriba, recortando figuritas de papel. Hay una luz dorada en la ventana, se aprecia desde afuera. La gente camina con la mirada al frente, puesta hacia la plaza de Mayo, y no se fija en que, en el segundo piso de esa casa señorial, situada junto al parque de la plaza Vicente López, prácticamente el único lugar fresco en Buenos Aires a esas horas, se filtra una luz dorada. La casa de piedra parece casi negra en la oscuridad, aunque de día sea de un gris claro, adusto, monumental.

Si entráramos por esa ventana dorada, veríamos que, en ese segundo piso, el apartamento de quinientos metros cuadrados está dispuesto alrededor de un salón principal enorme, con un piano de cola lacado en un lateral, sillones tapizados de damasco, estatuas y cortinajes de terciopelo. En el centro del salón, hay una mesa gigantesca, acristalada y vacía. Pero no se distingue nada más. La luz no proviene de ahí, el salón se encuentra a oscuras. En una esquina se ve una rendija por la que gotea esa luz dorada. Cric-cric-cric. Simón se halla en la cocina.

Simón suda y se afana, desconcertado. No puede parar. Está rodeado por una montaña de revistas extranjeras por las que él y Jorge han pagado una pequeña fortuna. Ahí adentro, la mesa donde trabajan no tiene nada que ver con la que queda al otro lado de la puerta. Es sencilla, utilitaria, como la silla en la que se sienta y balancea. Junto a él, una televisión enorme con el volumen en silencio que muestra imágenes de hogueras y caballos pisando transeúntes. Simón ni la ve. La cocina de estilo francés, preciosa, con fogones antiguos no funciona, es meramente decorativa. A su lado, hay un microondas y cuatro fogones más modestos que sí dan gas y que usan de forma habitual.

Simón no está especialmente gordo –a diferencia de otros momentos de su vida, en los que llegó a estar obeso–. Viste una camisa de florecillas azules y blancas, pantalones azul marino y un sombrero borsalino gris, mientras recorta figuritas de papel. Su cara es la de un ratón asustado, tembloroso. Las anfetaminas que toma para adelgazar no le permiten conciliar el sueño, aunque él –ya de por sí– no duerma demasiado, con cuatro horas le basta. Pero tiene que seguir, debe seguir. Recorta y ordena las figuras, *esta va con esa, aquella con la otra*. Las pilas de revistas a su lado son enormes, se alzan como columnas dóricas. Por lo menos, hay en la cocina de la casa de Las Heras, desparramadas por el suelo, unas cinco mil revistas invadiéndolo todo.

Simón recorta sin parar, intentando no hacer ruido. Sabe que no debe hacer ruido, son las cuatro de la mañana y Jorge duerme. Aunque luego tenga que ver las figuritas, aunque *deba* verlas. Nadie comprende que el orden sea tan importante, ni siquiera Jorge. A veces se desespera de que nadie entienda.

De repente, se sobresalta. Ha oído algo. La casa de Las Heras es antigua, quién sabe, a lo mejor solamente se trata de una vieja tubería. A Simón se le acelera el corazón, en parte por las anfetas. Pensaba que podría ser una tubería o un ratón, pero ahora se da cuenta. Es un zumbido lo que oye. Un murmullo que se hace cada vez más persistente, como de ruido de tuberías que entrechocan.

–¿Jorge? –susurra. No hay respuesta.

Simón vuelve a sus recortes. En una de las revistas encuentra dos jarrones espléndidos de lo que parece ser mármol, aunque no esté seguro porque la foto no es muy grande. Las asas son dos figuras semidesnudas bellísimas que portan delicadamente el vaso. La base es de un jade verde oscuro que le recuerda un lago que vio cerca de Positano en uno de sus viajes. Le sugiere el fondo del lago, sí, aquella noche en Positano con Carmen, la loca de Carmencita Yazalde. La base está ribeteada por vetas blancas, de un blanco lechoso, que, con el verde oscuro, semeja a un lago y unas piedras. Junto al pie de foto, únicamente se lee el nombre del fotógrafo. Parece francés. Debe de serlo. ¿Qué hora es en París? Ya estamos prácticamente en horario de oficina, los franceses madrugan. Se le vuelve a acelerar el pulso. Tiene que avisar a Jorge... Amalita Fortabat *mataría* por esos jarrones. Al fin y al cabo, es la mujer más rica de Argentina. Y él conoce a las mujeres ricas, sabe cómo tratarlas. Solo le hace falta llegar hasta ella, lo que no va a resultar difícil. Piensa en el porcentaje de venta: si son tres millones, la cosa puede ser inmensa, únicamente necesita un anticipo y listos; lo han hecho antes, lo pueden volver a hacer. Bah, si no es ella, será Kaltz u otra. No importa. Estos jarrones se venden solitos. Estos jarrones...

El traqueteo se intensifica en alguna parte, indefinidamente.

Simón suda. El calor no tardará en aumentar, la última noche fue pesada, difícil, aunque la casa sea grande, oscura y fresca. Simón sigue recortando y ya lo tiene claro: irá a París con Jorge enseguida, ahora mismo. Si parten esta misma mañana, llegarán a Francia a tiempo para la reapertura de los comercios, a la mañana siguiente. Tienen que avisar al de la agencia de viajes. Que se encargue Jorge. Jorge está para esas cosas. Sabe que se lo va a poner difícil, que se va a quejar, siempre se altera con los cambios, pero Simón está convencido, lo necesita. Y si no, al día siguiente podrían hablar con las casas de subastas. Esos jarrones se venderán solos, no importa. Conoce de antemano lo que le va a decir Jorge, se va a poner nervioso, le va a intentar contener, pero él no entiende que a veces es preciso, vital, realizar ese salto sin red a vida o muerte; hay que seguir adelante, *debe* seguir. A veces, nadie entiende el peso que sostiene él solo con ambas manos. Van a ir a París; cueste lo que cueste el jarrón, hay que tenerlo, *debe* conseguirlo: es una belleza; Amalita entenderá, es una gran mecenas de las artes. Al fin y al cabo, tiene buen gusto y él sabe que el gusto es algo que no se adquiere, que se tiene o no se tiene. Amalita se va a morir en cuanto lo vea. Y si no es ella, cualquiera de las otras. Simón preferiría que fuera Amalita porque esa mujer representa la cúspide de una vida, la realización de un sueño, significaría haber llegado de verdad. Y poder cambiar el negocio por completo; le daría la vuelta a todo. Pero si no puede convencer a la Fortabat, convencerá a otra. Tiene muchas clientas; puede que una sin gusto le compre los jarrones, una de esas taradas sin criterio pero con dinero de sobra. Si fuera una de esas, podría hasta doblarle el precio; a decir verdad, hay un montón que no tiene ni idea, y, en ese caso, logrará que cualquiera pague lo que sea con tal de lucir con orgullo su adquisición europea. Hará que aplauda de felicidad, que ansíe tenerlo, poseerlo a toda costa. Él y solo él es capaz de descubrir esa mirada en las mujeres, ese brillo que sabe complacer. Cuando ellas abren las cajas y ven lo que les ha traído…, no hay palabras. Es como si algo se iluminara justo en el interior de los globos oculares, una bombilla líquida se les filtra por entre los ojos.

Pero no saben lo que eso exige. La gente cree que es muy fácil, pero es una tortura. Nadie conoce la enorme escala de sacrificios, el suplicio que todo ello representa… No hay más vida que la búsqueda, nada importa fuera del objetivo. Si algo ha aprendido, es que las mujeres son criaturas voraces, nunca tienen suficiente. Conseguir esa mirada cuesta sangre, y no hay mucha gente que entienda el valor de la sangre. Ellas creen conocer el precio, pero Simón sabe que no es así. Ellas piden más, quieren más, y solamente él es capaz de dárselo. «No hay nadie como él», dice la gente. «Es un genio», añaden las gallinas cluecas. Pero no saben lo que cuesta. Ignoran las noches sin dormir, los viajes agotadores, todo lo que precisa... Desconocen que muchas veces lo necesario puede resultar demasiado; él también está cansado, agotado.

Pero debe seguir.

Cric-cric-cric. Traqueteo. Traqueteo.

Y, de repente, la ve justo ahí. Sonriendo plácidamente, abriendo los brazos.

—¿Mamá?

Y entonces algo se desmorona en su interior y todo termina.

# LA INFANCIA DE SIMÓN

–Era un pueblo sencillo de agricultores y ganaderos. Guardo lindos recuerdos. Yo nací ahí –dice Simón, mientras mordisquea galletitas en la mecedora.

Pienso. Nos miramos. Le escucho. Anoto. ¿En qué año estamos en estos recuerdos?

*Mayo de 1953*

A Simón su madre no le deja cruzar la calle para hablar con *ellos*. Le dice que no debe hablarles, y Simón sabe que eso es importante porque su padre tampoco puede cruzar esa calle. Si su padre cruza, su madre se enfada mucho y le grita, y su padre no contesta, simplemente se calla, baja la vista y le hace caso.

Simón tiene siete años y es un niño precioso, algo gordito, como su papá y su mamá, pero muy lindo. Él sabe desde que nació que es «un niño especial», se lo ha dicho su mamá. Es tan especial que cuando vino al mundo tocaron las campanas de la iglesia que hay en el pueblo, y cada año, por su cumpleaños, vuelven a sonar en su honor.

Además, su madre le ha dicho que es «un príncipe» porque sus abuelos y los padres de sus abuelos, que llegaron del Piamonte, una tierra preciosa situada en Italia, vivían en un castillo. Simón ha visto cómo son los castillos en *Los tres mosqueteros*, de Douglas Fairbanks. Le encantan las películas de Douglas Fairbanks. Su madre le ha dicho que «los príncipes son especiales, distintos de los demás, mejores».

No le gusta nada jugar al fútbol como a los otros niños. Simón, en este momento de la historia, ve jugar a los demás, entre la tierra y la hierba verde, y le da igual. Él sabe que lo que debe hacer es esperar a que llegue el sábado por la noche porque entonces, en el pueblo, hay cine y nada le gusta más que ver películas. Simón cuenta los días y apenas puede esperar, de la emoción que siente. Le gustan en particular las de espadachines, piratas y amor. Tiene que esperar a que llegue el sábado, que es cuando su mamá le da permiso para dejar los deberes —«el deber te hace mejor persona, hijo», le dice siempre— y poder ir al cine a ver cómo trabaja papá, el camarógrafo del pueblo. Nadie es más importante para Simón que su padre, responsable de que salgan todos en la pantalla, *todos*: Arturo de Córdova, Zully Moreno, Douglas Fairbanks; los únicos que importan en realidad.

Simón tampoco puede esperar a crecer y ser como Arturo de Córdova, con su bigote, tan apuesto, tan hombre, con ese gesto de desprecio. *Pum*. Simón aprende de memoria cada expresión de De Córdova. De hecho, lo aprende todo del cine. De mayor, si no puede ser Arturo de Córdova, quiere ser actor como él. La negrita Melano, la esposa del barbero, le ha dicho que para eso la memoria es muy importante, así que memoriza diálogos enteros. Se sabe ya casi todo el film *Que Dios se lo pague*, de Zully Moreno y

Arturo de Córdova. En realidad, se lo ha aprendido todo de esa película. Cómo camina Zully al entrar en la iglesia, cubierta de pieles, cuando pasa junto a Arturo de Córdova. Ella cruza con elegancia y le mira con bondad porque Zully es rubia, buena y rica, muy rica, en la película. Nelly Mapale, su vecina, le ha dicho que lo que lleva puesto en esa escena es un abrigo de visón. Nelly sabe mucho de esas cosas; su casa es la única de todo el pueblo que tiene un primer piso y una escalera, no solamente una planta como la suya. Nelly vive a media cuadra de la estación de tren. Simón, a dos cuadras.

Algunos días, la mamá de Simón le viste de domingo y le lleva a ver el tren, que pasa dos veces al día. Simón, como el resto de los habitantes, saluda al tren que avanza a toda velocidad, rápido, muy rápido. Su mamá nunca le deja cruzar la vía, es peligroso. Por el tren y por «los negros», que están al otro lado de la vía. «Los negros» no se parecen a los de las películas, que son de verdad. Los del pueblo tienen el pelo negro y la piel tostada, y van descalzos, viven en casas de hojalata y fuman; a Simón le dan miedo. Otras veces les llaman «indios», pero tampoco son como los de las películas de cowboys. Simón no entiende muy bien las diferencias, solo conoce que todo *lo ordinario* lo hacen «los negros». Si va sucio, su madre le dice: «Parecés un negro». Y a Simón jamás se le ocurriría ir descalzo, por si acaso.

La mamá de Simón le viste muy bien porque sabe coser y planchar mejor que las demás. De hecho, plancha «para afuera», que quiere decir *por dinero*, sobre todo sombreros. Plancha y cose sombreros, y a veces los hace ella misma. Simón no se cansa de verla planchar y coser, y siempre le pide que le haga uno de mosquetero o de pirata. En ocasiones, rebusca por entre los moldes de las cabezas de madera, ordena los botones y las cintas, y se disfraza y recita:

—*Exigir* es una impertinencia. *Pedir* es un derecho universal...

Simón, en estos días, se sienta delante del espejo y ensaya. Ha visto un gesto de su actor preferido que le ha encantado en *Él*, otra de sus películas favoritas de Arturo de Córdova, que llegó hace poco al pueblo. En esa película, el personaje se agacha debajo de una mesa enorme, como nunca las ha visto Simón. Sobre la mesa hay unas copas hermosas y él baja la cabeza, se acuclilla y le mira el pie a Delia Garcés. Cuando levanta los ojos, ella le sonríe, enamorada, pero Arturo de Córdova le devuelve una mirada terrible, alzando las cejas, en un gesto que Simón no sabe aún cómo interpretar, aunque lo sienta; se trata de una expresión de desprecio total. Ella lo percibe también y baja la vista, avergonzada. La mirada de Arturo de Córdova quiere aprenderla Simón y que no se le olvide para poder transmitírsela a *ellos*, a la mujer y los chicos con los que ni él ni su papá pueden hablar. Nelly Mapale le dijo un día que esa mujer y esos chicos, *ellos*, son la primera familia de su papá, y Simón no entendió, así que supuso que era como lo de «los negros», que hay unos en el cine y otros en la realidad que se llaman igual. Cuando le preguntó a su mamá, ella le dio tal bofetón que le quedó marcado en la cara. Pero *ellos* están ahí, tan cerca, que Simón quiere aprender esa mirada para que así los pueda alejar y no le importen.

Simón observa a través del campo y la tierra, verde y marrón, mira el paisaje de su infancia, a los chicos que juegan al fútbol y, después, avanza con sigilo, evitando la calle que no puede cruzar, y se encamina a su casa, a esperar a que pasen los días y sea sábado. Si llega rápido a casa, terminará las tareas y le dará tiempo a ensayar un poco más delante del espejo, y a dibujar las copas de cristal de la mesa que se muestran en la película. Son preciosas, las copas. Con esas copas y esa mesa, todo parece un palacio de verdad y seguro que el gesto le sale mejor para cuando sea la hora de irse a dormir.

Leo, anoto y reviso. Jorge me ha dejado una serie de tarjetas clarificadoras, pulcramente escritas por él, encabezadas con su espléndida caligrafía: «Infancia de Simón». Releo una de las tarjetas: «Nacimiento en el pueblo de Campo Sagrado. Una infancia feliz, junto a un tren».

Tengo que ir al pueblo de Simón. Todo empieza ahí para él, así que debo entender para poder describir. Pero decido primero pasar por Santa Fe. No parece que tenga mucho sentido; debería ir directamente de Buenos Aires a la ciudad de Villa María, y de ahí, tomar otro autobús. Pero me doy cuenta de que necesito enlazar un inicio con otro: desplazarme de mi origen a su origen. De mi Blanquita a su Graciela. En ese momento, se me ocurre que quizá, con mi continuo desplazamiento, pueda cubrir ciertas lagunas que provoca la pregunta más importante: cómo alguien que sale de Campo Sagrado acaba viviendo en un palacio de mármol.

Llego en autobús a Santa Fe y me topo a modo de saludo con la familiar atmósfera de pueblo que desprende su estación. Pese a tratarse de una ciudad grande, siempre ha conservado para mí un aroma a gótico sureño, con los techos de hojalata de los bares junto a la terminal de autobuses, los cines abandonados y algunas casas en ruinas. Me recuerda los libros de Tennessee Williams. El río enorme, las señoras mayores que salen en camisón a tomar el aire a la puerta de sus casas, la sensación de veranos interminables, de visillos sucios. Debido a mi condición de ciudadana europea, supongo. Hay mucho más que eso, pero para mí Santa Fe es lo más parecido al «pueblo de los abuelos» de mis amigos de Barcelona. Cuidadosamente, lo anoto todo, para no dejarme nada. Cruzo por delante de la casa de mis abuelos paternos. Ya no viven. Hago lo mismo con la de mis abuelos maternos, donde creció mi madre. Avenida General Paz. Un chiste privado familiar. «Tu madre es *de ese lado* de la General Paz», chincha siempre mi padre. Nunca he sido capaz de entender su significado. La cabeza dentro del *tupper*, otra vez. Desde el punto de vista geográfico, hasta en eso todo el pasado me resulta ajeno, inescrutable.

Me quedo un par de días en casa de mi amiga Cecilia, a quien conocí en un viaje realizado en el 2001 y con la que me escribo desde entonces. Su familia, muy extensa, me recibe al modo italiano, cálida. Comemos asados, damos paseos por la calle principal de la ciudad, la avenida San Martín. Y saco fotos de la Facultad de Ingeniería Química, donde mi padre estudió varios años, para enseñárselas cuando vuelva. Juego con los sobrinos de Cecilia y me asomo al balcón de la casa *art déco* donde estoy instalada, que da a una plaza. Por las noches hace footing un amigo común, al que no veía desde hacía siete años. Cecilia y yo fumamos en el balcón y le saludamos. Él contesta con un «Qué hacés, Ceci. Qué hacés, Gallega». Yo también tengo mote, claro.

Retomo el contacto con un par de amigos de mis viajes adolescentes que me enseñaron a fumar marihuana y a conocer grupos de rock locales. Conjuntos que se denominan Celestito, Vampirratas, Cabezones, formados por amigos que se llaman la Negra, Calabaza o el Turco. Hablamos de eso en bares en los que nadie charla entre sí, de tanto como se conocen. Les cuento mi proyecto y les parece extraño y sofisticado a la vez. Creo que eso es lo que me gusta de Santa Fe: me hace sentir extraña y sofisticada a la vez. Recorro la costa, busco cosas que hacer. Finalmente, debo irme.

Campo Sagrado tiene cinco mil habitantes y una reina de la belleza.

«¿Campo Sagrado? ¿A qué carajo vas a Campo Sagrado?» La gente en Santa Fe escupe el nombre de la localidad como si fuera una ocurrencia absurda, un cuento imperfecto que me hace temer lo peor. Dicen: «Campo Sagrado», pero en realidad piensan: «Pueblo de Mierda». En especial, los habitantes de la provincia de Córdoba, donde está situado, en el departamento de Río Segundo, a unos doscientos kilómetros de la capital de la provincia.

Preparando el viaje a Campo Sagrado, acudo a internet. Hay una web oficial del pueblo y un ciudadano ilustre: un tipo que salió en la sexta edición de un *reality*. Más allá de eso, solo hay un montón de fotos del campo. Cuando ves Campo Sagrado en el mapa de Google Earth, al principio piensas que debe de haber un error: aparece pixelado. Pero no, es así: varias cuadrículas verdes llenan la pantalla, la vista, todo. Desde arriba, ofrece una visión de color esmeralda.

–Campo y ferrocarril –me dicen–. Eso es lo que hay.

Voy a Campo Sagrado porque Simón nació allí y voy cincuenta años después de que lo abandonara para no regresar más que en una ocasión. Dime de lo que escapas y te diré quién eres.

El ferrocarril, más allá del recuerdo nostálgico, adquiere importancia logística también en el momento en que me dispongo a viajar. Cuando salgo de Santa Fe, vuelvo a maravillarme ante los escasos edificios altos que posee, y de pronto tengo la impresión de que es chata como una tortilla, como si la presión atmosférica lo aplastara todo. Se extiende a lo largo de la llanura, y con tanta chatura a uno le acaba sorprendiendo que los árboles y las plantas crezcan en sentido vertical en vez de horizontal. La cuestión es que Santa Fe y Campo Sagrado no tienen comunicación directa. En otra época hubiera llegado en ferrocarril, pero, con el declive de las líneas ferroviarias de los últimos años, ahora resulta imposible. Primero fue por la falta de financiación pública y, tras las privatizaciones de los años noventa, por la escasez de financiación empresarial. Sea como fuere, he de viajar en autobús.

Para llegar a Campo Sagrado desde la ciudad de Blanquita, debo realizar un viaje con dos transbordos: San Francisco y Villa María. Son apenas doscientos kilómetros, pero tardaré unas seis horas en cubrirlos porque la única manera de recorrer esa ruta es a través de un colectivo diferencial, los autobuses que paran en cada maldita localidad.

No estoy muy acostumbrada a ese tipo de transporte porque, por lo general, los colectivos que recorren Argentina son cómodos, amplios y más o menos eficientes. Al fin y al cabo, es el único medio, más allá del coche, que usa la gente. En Argentina, excepto algunos privilegiados, todo el mundo realiza sus viajes largos en colectivo. Los trayectos de veinticuatro horas para alcanzar destinos vacacionales son comunes. La diferencia de precio con los aviones es muy grande, y la gasolina, barata. Resultado: colectivo para todos.

Subo al *diferencial*, tomo asiento y observo a Cecilia,

que me ha acompañado a la estación y se halla al otro lado del vidrio sucio, mirándome con expresión fiel y maternal. Ha escuchado con paciencia de santa todos mis temores con respecto al libro que tengo que escribir. Ahora le hago un saludo expectante con la mano, que quiere dar a entender «alegría», «despreocupación» y, a la vez, «control». Estoy aterrada en realidad: el autobús diferencial que tomo hacia Campo Sagrado es otro mundo. El diferencial me devuelve, por si en algún momento lo hubiera podido obviar, a la realidad miserable. Es infecto. Todos los asientos aparecen cubiertos por el mismo plástico marrón. El interior está casi completamente a oscuras porque nadie descorre las cortinas aunque sean las diez de la mañana, así que, en cuanto me siento, tengo la inmediata sensación de estar metida en el vientre de una cucaracha. Un crucifijo cuelga del asiento del conductor, pero no me atrevo a mirar el espacio que separa mi asiento del cristal de la ventanilla. El hedor a miseria se extiende y, a mi lado, dos niños duermen acunados por su padre. Por fin, queda claro: solamente los que no pueden permitirse otro medio de transporte toman estos autobuses diferenciales. Y teniendo en cuenta que la gasolina está subvencionada, solo los pobres los toman con regularidad.

Dejamos atrás Santa Fe, ciudad de antiguo señorío, capital de provincia venida a menos, superada por Rosario en casi todo, menos en funcionarios del Estado, humedad y mosquitos. Vuelvo a la misma idea recurrente: si Tennessee Williams hubiera conocido Santa Fe de la Veracruz, habría situado aquí a Blanche DuBois.

El silencio es completo en el diferencial a primera hora de la mañana. Los vidrios se empañan por el calor, pese a ser invierno. Me acomodo muy recta en mi asiento e intento no tocar nada, o mejor dicho, que nada me toque. No lo hago de forma consciente, simplemente me sale así. Maldigo mi incapacidad *primermundista* por no acostumbrarme a los restos de comida que hay entre los asientos. Transcurrido un rato, intento mirar por la ventana. El paisaje de la provincia se dilata: río y camalotes. Hemos dejado atrás la ciudad, con los grafitis políticos en las paredes, las chicas vestidas para bailar cumbia y los niños que patean balones de fútbol. La ruta se extiende hacia delante y, a los lados, solo hay pasto chato.

Un poco después, el conductor pone la radio. Suena Julio Iglesias, y la temperatura aumenta por un exceso de calefacción. Y entonces comienza la sensación de disparate, común en el interior de Argentina, tan distinta de la megalópolis porteña. En uno de los tramos tenemos que parar porque el chófer se ha dejado el portamaletas abierto y los bultos han ido cayendo, desperdigados, por el camino. Aun así, el hombre no parece muy seguro de querer detener el diferencial, pues vamos con retraso. Las amables y tímidas peticiones de los pasajeros, acostumbrados a estos trances, le hacen recapacitar y frenar. Cada uno baja a recoger su maleta desparramada en la ruta.

Al rato, el autobús blanco se pone en marcha con un crujido y los contrastes se acentúan. Los niños que duermen a mi lado se abrazan a su padre, que tiene pinta de trabajar en el campo, de jornalero. «Duerme, duerme, negrito..., que tu mama está en el campo, negrito.» Uno de ellos se despierta tosiendo con tanta violencia que se dobla sobre sí mismo.

Prosigue la ruta. El paisaje apenas varía: campo, vacas, caballos y capillitas pegadas al arcén, donde la gente deja flores para los muertos en la carretera. Es un fenómeno bastante nuevo en Argentina, de los últimos cinco años más o menos. Junto a la carretera, a través del campo, un reguero de basura plástica desperdigada lo ensucia todo. Pese a que estamos en medio del campo, hay basura. Hace ya un buen rato que hemos dejado atrás las *villas miseria*, puros basureros con habitáculos situados a las afueras de Santa Fe, comunes también en Rosario, Córdoba y Buenos Aires, y en torno a toda ciudad grande. La villa miseria es percibida por los ciudadanos de a pie como la mugre de la gran urbe. Su pobreza me hace recordar a Jorge y Simón. Ambos nacieron en familias muy humildes. Pienso en los dos, en el mármol rosado de la casa de Las Heras, que parece de ciencia ficción en estos momentos. Se me ocurre que el dinero se convierte en el único motor de la fantasía que te aísla de la pobreza por completo.

El autobús se detiene poco después de haber cruzado la frontera entre Santa Fe y Córdoba. Estamos en la estación de San Francisco, una localidad fronteriza donde para el diferencial. Hay que bajarse y esperar otro, que vendrá enseguida. Pero tarda horas; por lo visto, se ha averiado el colectivo que estamos esperando y no se sabe cuánto tardará. Nadie se queja, parece más que normal. Una pareja de veinteañeros con pinta de okupas en versión sudamericana (más elásticos, más guapos) se encamina lentamente hacia un lado de la estación para tocar la guitarra y jugar a malabares. Están de viaje por el interior del país. «Por dos pesos, te recorrés la Argentina, ¿sabés?», dice el chico, y saca un poco de pan y queso rancio del petate. Nadie nos informa de cuándo está previsto que llegue el relevo y todo va lento, muy lento. La gente se ceba unos mates de pie, mientras la mañana nublada se dilata. Otros fuman o compran galletitas por si la espera resulta demasiado larga. Dos horas después, volvemos a la ruta. El interior del autobús que sale de San Francisco en dirección a Villa María es prácticamente igual que el anterior,

59

marrón y oscuro. Un señor con traje y maletín, bien vestido, se sienta a mi lado y me sonríe.

Le sonrío, a mi vez.

—Vos no sos de acá.

—No.

—Sos española.

—¿Cómo se dio cuenta?

—Yo viví en España varios años. ¿De dónde sos?

—De Barcelona.

—¡Mirá...! Justo esta semana regreso de hacer un taller de teatro con Assumpta Serna, que vino a Córdoba. Soy profesor de teatro en varios pueblos. Por eso tomo el diferencial, así me puedo relajar y contemplar el paisaje.

La mención de Assumpta Serna en mitad de todo esto me parece tan normal como si resucitara Ronald Reagan y se dedicara a repartir alfajores por entre los pasajeros. Pero, pese a mi estupor, el señor sigue hablando rápido, contándome cosas, estableciendo en cinco segundos una complicidad propia de gente del interior. Su deje cordobés es suave y modulado, apenas arrastra las palabras. Lleva un maletín de cuero sobre las rodillas y va erguido, como yo, en el asiento. Los dos sonreímos como si, en vez de estar en un autobús cochambroso, estuviéramos tomando el té. Me plantea muchas preguntas, hasta que quedo un poco anestesiada.

—¿Qué viniste a hacer a la Argentina?

—Estoy escribiendo un libro.

—¡Mirá...! Qué lindo.

Entonces, el profesor de teatro mira por la ventana, achinando los ojos. Después de un extraño silencio, dice:

—Es una semana dura, esta, ¿lo sabías?

¿Dura para quién? Se me ocurre que va a empezar a hablar sobre el llamado «conflicto del campo». Nos adentramos en el denominado «corazón sojero», donde se ha ganado mucho dinero a través de la explotación agrícola de las plantas oleaginosas, pero los impuestos que proponen Cristina y (el aún vivo) Néstor Kirchner sientan igual de bien que una patada en los riñones.

—Para los cordobeses. Esta semana se falla el veredicto del juicio a Menéndez.

El profesor me cuenta que Luciano Menéndez es un general acusado de haber cometido delitos de lesa humanidad durante la dictadura militar de Videla. En ese momento, yo no lo sé y él tampoco, pero cuatro días después de nuestro trayecto en diferencial, Menéndez y otros cinco militares serán condenados a cumplir cadena perpetua en una prisión común. En este momento, sin embargo, el profesor duda. En Argentina, nunca se sabe.

Al cabo de un par de minutos, el verde profundo adquiere un tono brillante, como si el paisaje estuviera constantemente mojado después de una lluvia refrescante. Las extensiones de soja lo ocupan todo y los carteles de «Se vende campo» están acompañados de información para mí irrisoriamente desproporcionada: «Sesenta hectáreas». «Ochenta.» «Ciento cincuenta.» Intento calcularlo según me enseñaron en la escuela. Una hectárea es un campo de fútbol.

Se suceden, también, otros rótulos a lo largo de la ruta. «Se venden sandías.» «Mascotas: iguanas y aves.» La carretera es una línea recta, rectísima, y a nuestro alrededor pastan vacas modélicas, como de anuncio.

La temperatura desciende de golpe y los niños morenos despiertan, tosiendo de nuevo. En mitad de un silencio sepulcral, el autobús se detiene y el padre se levanta del asiento, llevando a sus hijos de la mano, con dificultad. El colectivo se ha parado en un lugar completamente indefinido; solamente hay un cruce de caminos, barro y nada más. El padre baja cuatro bolsas y se queda con los chicos en medio de la carretera. Por más que miro a través de los cristales, no diviso árboles, ni un miserable poste, nada. Solo ruta y pasto. Se quedan los tres ahí, plantados, sin moverse, en mitad del fango, junto a la ruta, como tres astronautas perdidos en el vacío oscuro.

Y proseguimos nuestro viaje. El mediodía se ha vuelto gris y frío, con algo de viento; parecería un día inglés si no fuera porque estamos en mitad de la pampa. De repente, casi sin avisar, aparecen unas casitas bajas, rosadas, y una vía de ferrocarril que antes quedaba cubierta por el barro. Llegamos a Campo Sagrado.

Y no hay nada. Bueno, *nada* no. Hay *cosas*, pero pocas. Resuenan en mi cabeza las opiniones que he escuchado más frecuentemente con respecto a Campo Sagrado. Por un lado, surge la pregunta: «¿A qué carajo vas a Campo Sagrado?», ahora más pertinente que nunca, y por el otro, lo que me han ido contando los cordobeses que he ido conociendo durante el trayecto. «Ya verás, está todo muy cambiado.» «Ahora, con la soja, es una zona rica.» «Flor de guita se hizo por allá.» Campo Sagrado ha oscilado entre ser un pueblo próspero, siempre que los ciclos económicos favorecían el desarrollo agrícola, y uno fantasma, cuando no ha sido así. Al llegar a la estación, me encuentro con una ruta por la que circulan camiones, una estación de autobuses que consiste en un banco de madera, un locutorio telefónico cerrado y un bar. Junto a este, se extiende una cuadrícula de unas diez o doce calles y, al otro lado, la vía del ferrocarril.

Me pongo a caminar. «Es la hora de la siesta», me digo. «Por eso no hay nadie.» En realidad, no hay nadie porque en los pueblos no suele haber movimiento por la calle a menos que haya una razón. Recorro las diez cuadras del pueblo: primero, junto a la ruta y, después, por el interior, y me siento en un banco de madera frente a la casa de Simón. Es de un rosa pálido y tiene un sauce llorón justo delante. La estación de tren queda a dos calles. Una ventana se abre y se cierra de golpe en una casa vecina. Me imagino lo que debo parecer, con mi maleta de dos ruedas a cuestas, a las tres de la tarde, enfundada en un anorak rojo, mientras observo una casa. Una chalada.

Me levanto finalmente y echo a andar a través de las calles llenas de viviendas de color arena, buscando la casa de los Melano, la vecina de Simón a quien ha citado varias veces. La encuentro, tiene una puerta de madera maciza y toco el timbre. Pero no hay nadie. De hecho, no hay nadie en ninguna parte. Si no fuera por los coches que avanzan zumbando como mosquitos, parecería un pueblo abandonado. Algunos automóviles comienzan a acercarse en mi dirección y cuando pasan a mi lado avanzan más despacio. Todos tienen los vidrios tintados de negro. A lo mejor es la moda en la pampa gringa, pero a mí me resulta inquietante; me siento como si estuviera rodeada de vendedores de crack. Entro en el único negocio abierto a esa hora de la tarde, una papelería. Una señora seria con bata me atiende. Le cuento que estoy buscando a alguien que me pueda hablar de la familia G., y me contesta: «Mejor hablá con mi mamá». Al cabo de un minuto, aparece una viejecita con rulos vestida con un camisón que se pone a pensar en voz alta.

–Sí... La madre era encantadora, una señora con carácter, desde luego. Del padre no me acuerdo muy bien... El chico fue peluquero, ¿no?

–No, modisto –le aclaro.

–Ah, sí. Es cierto, vino a vender algunas de sus cosas al principio, me acuerdo. Después no lo vimos más.

La hija interrumpe:

–¿Los G. eran aquellos de la otra cuadra?

–Sí, *m'hija*. Los primos de los de la funeraria de Las Varillas. ¿No te acordás de que a la prima le tuvieron que abrir el estómago y limpiárselo con una manguera por dentro? Era cuando acá no había medios...

Compro una libreta, me despido cortésmente y salgo de la papelería. Camino por el pueblo. Hay una tienda grande, enorme, que parece un supermercado pero que solo vende maquinaria agrícola. En todas partes se suceden los carteles: «Aquí se apoya al campo». Todo está cerrado: comercios, iglesias, escuelas, oficinas. Sigo preguntándome si es porque es la hora de la siesta o se trata del trajín habitual en un pueblo como Campo Sagrado.

Me acerco a la estación de ferrocarril, ahora convertida en museo. Es muy bonita, con tejas verdes, y desprende un halo de irrealidad, como de cuento de hadas. Me siento en uno de los bancos mientras contemplo la inscripción: «Estación inaugurada en 1904». Jorge, que acompañó a Simón poco después de empezar su relación a la zona, recuerda otra escena ligada a lo mismo: «Quise ir a conocer el pueblo en que había transcurrido la infancia de Simón. La mamá me advirtió: "Chicos, tengan cuidado al cruzar la vía del ferrocarril, que es peligroso". Seguía pasando solo dos veces al día».

Cruzo la vía y descubro lo que suele haber en casi todos los pueblos argentinos al atravesar al otro lado. Eucaliptos y miseria. Las casas son más endebles, los niños van descalzos en medio de este mes de julio helado y la cumbia de los autos suena más fuerte. Los vidrios de los coches están tintados.

Vuelvo a la estación. No veo la hora de salir del pueblo. Había pensado quedarme a pasar la noche, pero siento la necesidad imperiosa de irme, de salir de allí cuanto antes.

«No hay más que ver», me digo, razonable. Pero no se trata de eso. En ese momento, hay algo más que no logro entender, algo que me pica como una urticaria, y no reconozco.

Ante la perspectiva de regresar al diferencial, pregunto de qué otras opciones dispongo, y resulta que unas furgonetas particulares realizan cada hora el trayecto hasta Villa María. Por algo más que el precio del colectivo, una furgoneta gris marengo impoluta aparece media hora después. Para cuando me subo, voy acompañada de tres mujeres jóvenes que también se marchan de Campo Sagrado. Mientras oscurece, dejo atrás el pueblo junto con esas chicas, un grupo de profesoras de primaria que trabajan en las localidades de la zona y no deben de superar los veinte años. Cubren el trayecto para dar clase a diario desde sus lugares de origen hasta Campo Sagrado u otros pueblos más pequeños. Todas muestran caras de abnegación, de cordero lechal, de bondad pedagógica. Pienso en Graciela.

Siento la picazón de nuevo, y entonces lo entiendo. Campo Sagrado me ha enseñado lo mismo que aprendió Simón: a salir de ahí cuanto antes y no mirar atrás.

# QUEBRARSE

La primera crisis nerviosa de Simón sucede durante el periodo del servicio militar. Hablan de un brote psicótico, y existen antecedentes familiares: su padre fue internado por la misma dolencia.

No sé cómo abordar este episodio. Ahora empiezan a surgir las dificultades técnicas que antes he podido resolver por el contexto. En «Buenos Aires, 19 de diciembre del 2001», poseo al menos las fotos de un Simón acalorado, y no es difícil reconstruir qué pasó. Al fin y al cabo, yo estaba en Argentina justamente en ese momento. Pero ¿ahora? ¿Cómo adentrarse en algo así? Vuelvo a mis notas y a mis conversaciones con Jorge. De todas ellas, guardo unos apuntes sobre lo que –me cuenta Jorge– era entonces la familia de Simón.

*Julio de 1962*

Simón observa a través de la cubierta al soldado, que le devuelve la mirada, y tiene que apartar la vista. Él sabe por qué *debe* hacerlo, pues de pronto se acuerda de esa escena que transcurre entre Laurence Olivier y Kirk Douglas en *Espartaco* y se maldice por pensar en ello en ese preciso momento. «¿Comes ostras?» No puede ser. Se esfuerza por recordar los ejercicios del curso de teatro en Villa María y los aplica. *Uno. Si no lo piensa, no existe. Dos. Se concentra.*

«¿Ostras o caracoles?» *Tres. Respira hondo, relaja los brazos y se decide a fijar su atención en algo concreto,* como el botón superior de su uniforme azul marino. Si se concentra lo suficiente en el botón, se olvidará del soldado, *tan bello,* de los otros, que se ríen de él por cómo camina o habla, por cómo lo hace todo, y, en particular, se olvidará del frío del mar en Ushuaia.

Ushuaia es tan distinto de cuanto conoce que, a veces, *le duele todo él.* Es la única manera en que parece poder explicarlo y, en realidad, no tiene a quién contárselo. A veces, todo es tan diferente que es como si todo lo que es en esencia se cayera hacia delante, *se echara* hacia delante, *se fuera* hacia delante. Su cuerpo sigue ahí, pero se le escapa, y él va y se cae. Entonces, Simón realiza desesperado los ejercicios y acaba gritando y ahoga los gritos para que no se enteren los otros. El servicio militar va a hacer de él un hombre, y no hay nada que Simón desee tanto como *ser un hombre de verdad* e irse a Buenos Aires para, una vez allí, poder convertirse en un galán de cine. Si se concentra de verdad, lo conseguirá.

Simón mira a través de la cubierta y observa a sus compañeros de turno. El miedo acaba pasando, remite la oleada y logra reír, pero le sale una risa un poco rara, demasiado fuerte, demasiado forzada y los demás se dan cuenta. Simón piensa en mamá y en su ciudad, Villa María. De lo único que se acuerda de Campo Sagrado es de Graciela, del cine y la vía del tren. Ha olvidado el resto, pobreza incluida. Mientras los otros gastan bromas, él echa de menos a su madre, Francisca, y a su padre, Camilo, y se imagina qué estarán haciendo en la pastelería. A estas horas, deben de estar atendiendo a los clientes de la mañana. Sus padres se despiertan muy temprano para ir a trabajar, y de noche, su madre sigue bordando *para afuera*. «El deber y el sacrificio son necesarios para llegar a un estado llamado "el Bien"», recita. Se lo enseñó su madre de pequeño y, de tanto repetirlo, esta idea fija acaba siempre regresando a su cabeza. *Debe trabajar más duro. Aspirar al Bien. Debe sacrificarse.* Camina a lo largo y ancho de la cubierta del barco, inquieto, y nota que algo crece, que algo se propaga en su interior. Y como un rayo, aparece: se le ocurre una idea y en cuanto la tiene en la cabeza no puede soltarla, y se expande, y le calma y excita a la vez. Se trata de una buena idea, de una idea *perfecta*. Organizará la biblioteca del Regimiento. Si ordena todos los libros y estudia exactamente todo lo que contiene, podrá poner en marcha unas lecturas, incluso unas que sean en voz alta, *dramatizadas*. Su superior estará contento de que tenga algo que hacer, se lleva bien con su superior, sabe que él es especial y no le importa, y siempre le hace reír, logra hacerle reír recitándole unos poemas con voces divertidas. Organizar la biblioteca es algo que le dará placer y le colmará. Con los años, Simón se ha vuelto muy puntilloso con el orden, cada cosa tiene su lugar, solo hay que saber encontrarlo, es parte del deber cumplido, ¿no? Si ordena bien los libros, su superior estará contento y le dejará montar un grupo de teatro, que es lo que en verdad él quiere, lo que desea con todas sus fuerzas. Anhela ser actor, tiene que serlo. Piensa en la última película que vio.

*¿Cuál es el secreto? ¿Cómo empezó todo? Egipto es como un hombre sin mujer. Caliente de día, helado de noche.*

De golpe se acuerda de Graciela, de cómo le decía que tenía que entonar, hablar alto y claro, proyectando la voz hacia fuera, no desde la garganta, sino desde el centro del estómago. «Si hablas desde el estómago, no te duele la garganta al gritar. "Técnica", se llama.» Se acuerda de los labios pintados de Graciela en un tono oscuro, un poco demasiado *oscuro* para Campo. Se acuerda del pelo liso, negro, brillante, de la blusa blanca y los botones nacarados, y los sándwiches y las fiestas teatrales que organizaba. Graciela era joven, más joven que su madre y que su hermana. Esta era, en cambio, tan mayor que a veces la confundían con su mamá. Simón había sido *un regalo de Dios*, por eso en la iglesia tocaban las campanas por su cumpleaños.

*¿Cuál es el secreto? ¿Cómo empezó todo? Egipto es como un hombre sin mujer. Caliente de día, helado de noche.*

En estos días tiene que llegar Florencio Escardó a la base del Regimiento. Escardó es una *eminencia*, una autoridad en cultura y pedagogía. En cuanto vea qué ha hecho con la biblioteca, sabrá que vale. Si le ve recitar, quedará fascinado porque él es especial, tiene talento, y solo es cuestión de que llegue su oportunidad, no es más que eso. Cuando sea la ocasión, con el deber cumplido y la técnica adecuada, Simón irá a Buenos Aires, el único lugar donde él tiene cabida, porque es *tan especial* que logrará cuanto se proponga.

Empezará por ordenar los libros. Eso calmará lo de *las ostras y los caracoles*, todo lo que le duele, todo cuanto se le escapa y que hace que tenga que acabar gritando.

# TOMANDO CAFÉ EN RECOLETA

Regreso a Buenos Aires mucho más rápido de lo que me fui. Tras un día de descanso después de tantas horas en colectivo, Jorge me cita en un bar aséptico de la zona de Recoleta, su zona. Quedamos a las once, y aunque llego a las 10.45, él ya está allí. Esto será una constante a lo largo de todas las entrevistas que mantengamos durante mi estancia en Buenos Aires. Por más que yo sea puntual, Jorge siempre me espera. Al poco, me confesará que es porque sufre y se angustia si llega tarde, de modo que no puede evitar aparecer al menos quince o veinte minutos antes.

Pedimos café y agua, y me mira de soslayo para acabar esbozando una sonrisa de gato de *Alicia en el País de las Maravillas*. Es una sonrisa seductora y pícara por igual. Cuando comienza a hablar, me doy cuenta una vez más de su peculiaridad: la voz. Una voz aguda, reconocible entre mil.

—Vos querés una historia del tipo de la magdalena de Proust, ¿no? —pregunta, al segundo.

—¿Perdón?

—Sí. Yo ya sé lo que *vos querés*. —Otra vez la sonrisa de

lado–. Vos querés que yo te cuente mi infancia a través de un detalle evocador, un olor, un sabor, como la magdalena de Proust. Olvidate. En mi infancia, el único aroma digno de recuerdo es el sudor. –Ríe, haciendo un gesto con la mano y clavándome esos ojos de hurón que tiene.

Para cuando he vuelto a Buenos Aires, ya me han advertido sobre Jorge. Gente de su entorno me ha dicho cosas como esta: «Es más listo que tú, más amable y más rápido». Y yo no he empezado con buen pie. De hecho, mi mal pie ha sido el suyo: la caída que sufrió en la bañera fue peor de lo que esperábamos. Tiene la rodilla hinchada como un balón, y pese a que se ha mostrado demasiado responsable como para anular nuestra entrevista, se nota a la legua que no tiene ganas de hablar. Jorge –aprenderé– es tremendamente supersticioso y esto lo ve como un presagio de todo lo malo que está por llegar. No le culpo. Las tres horas que separan las diez de la mañana de la una de la tarde son su ventana de libertad, cada vez más acotada por las necesidades de Simón. Ambos se levantan al amanecer y se acuestan antes del atardecer. A partir de la una, Simón le reclama, aunque se encuentre acompañado por algún cuidador. Así que entre las diez y la una, Jorge va a los bancos, hace recados y organiza sus cosas. Y aprovecha para tomarse algún café con los amigos. Una rodilla hinchada es un contratiempo para cualquiera, pero una rodilla hinchada durante el paréntesis de libertad de quien vive confinado en casa es una tragedia.

Hablamos durante horas y, pese a su rodilla, se aviene a que demos un paseo. Recorremos la avenida de Las Heras –estamos solo a dos manzanas de su casa– y nos detenemos frente a alguna que otra tienda. Nos hallamos en la zona pudiente del amplio barrio de Recoleta, y eso se nota en todo. El área comprendida entre las avenidas de Marcelo T. de Alvear y Pueyrredón es tradicionalmente refinada, sin estridencias de nuevo rico. En suma, cara pero funcional y decorativa, céntrica y muy europea.

A medida que avanzamos, Jorge se relaja. «Nuestro negocio fue como un juego, ¿sabés? Un *juego de espejos*. Todo empezó con unos baúles y un sofá.» «¿Unos baúles?» «No quieras tener prisa, todo tiene un tempo propio y una razón de ser; esto es un show, nena. En el mundo, siempre hacemos una representación de nuestra vida. Lo que pasa es que algunos no lo saben.»

Durante

## ACTO I, ESCENA I: EL ENCUENTRO

«¿Cómo sería su vida representada sobre las tablas?», pienso. Reordeno el material de mis primeras entrevistas. Tengo a Jorge, a Simón, a la amiga de la infancia de Jorge, apodada Chiquita; a Teté, una amiga y clienta, y a Mari, la hermana de Jorge. Todas ellas son parte fundamental de la familia que formaron al conocerse. En cuanto surgió ese primer encuentro. Tengo, pues, esos personajes y dos fotos. La foto de Jorge es de 1958 y se trata de una fotografía de grupo de la escuela secundaria, donde aparece con unos seis o siete compañeros de clase. Le reconozco por sus gafas de pasta negra, a lo Buddy Holly. Él mira a la cámara desde un extremo, con expresión amable: la nariz recta, la mirada suspicaz y tímida. Es delgado, más bajito que sus compañeros, lleva un traje más claro, pero la misma corbata que los demás, fina y negra. Cruza los brazos con gesto delicado y algo vulnerable.

La foto de Simón, de 1964, es de la época en la que conoció a Jorge. Es una instantánea algo más borrosa, movida. En ella Simón aparece con la vista fija en un rincón, mirando a un punto cercano, situado en la esquina. Atrás, pilas de libros y el humo caprichoso de un cigarrillo. Lleva un jersey negro de pico y una camisa blanca, el pelo con la raya al lado, algo despeinado. Tiene presencia, está delgado; es mucho antes de que engorde. Quiere parecerse a Juan Carlos Barbieri o a Carlos Thompson, dos galanes de la época, fuertes, de mirada seductora. Resulta arrebatador.

*Aparecen en mitad del escenario Jorge y Simón, con veinte y veintidós años respectivamente, y se sientan en un sofá viejo, colocado sobre una moqueta raída. Junto a ellos, Chiquita, Teté y Mari.*

*Chiquita es la tercera pieza fundamental del negocio, aparte de Jorge y Simón: una mujer rubia, de pelo corto y gafas oscuras. Tiene tres años más que Jorge. Lleva una camisa blanca amplia, unos pantalones de pinzas grises y, cuando hable, su voz sonará siempre ronca y grave. El aspecto que presenta durante toda la obra es de edad indefinida.*

*Teté, amiga y clienta, es una notaria refinada de ojos verdes y tez morena, gestos dulces y armoniosos; de unos cincuenta años, muy bien llevados.*

*Mari, la hermana de Jorge, tiene un aspecto tímido, científico y ratonil, con esos mismos ojos de su hermano que lo observan todo. Jorge da un paso adelante.*

JORGE: Cuando conocí a Simón, yo estaba perdido. Buenos Aires era demasiado grande comparado con Rosario; no encontraba nada nunca e iba de casa al trabajo, del trabajo a la facultad y de ahí otra vez a casa. Todo eran cuentas, colectivos y gente, siempre más gente. Claro que también tenía orden, método, la facultad era maravillosa, pero –aun así– no acababa de encontrar lo que quería. Los compañeros del banco resultaban muy agradables en efecto, yo la pasaba bien en todos lados, siempre tuve esa capacidad para pasarla bien. Pero lo que yo deseaba a toda costa era encontrar el amor total, elevarme, salir de mí mismo.

*Chiquita se adelanta desde el fondo.*

CHIQUITA (*interrumpiendo a Jorge*): Jorge era tímido, timidísimo. Él me siguió hasta Buenos Aires cuando yo conseguí trabajo en la compañía telefónica; le fascinó y dijo: «Yo me quiero venir acá con vos». (*Suspira, hastiada, como quien carga con una criatura llorona debajo del brazo.*) Yo le avisé de que no era fácil, que era una ciudad muy dura, pero él insistió tanto que, al final, vino a vivir conmigo.

JORGE (*sonríe, pensativo, y continúa*): La pasábamos bien, siempre la pasamos bien con Chiquita; ella era capaz de cualquier cosa, pero yo me daba cuenta de que me faltaba algo. Me miraba al espejo y lo que encontraba estaba bien, pero no bastaba. Iba decentemente vestido. Ya se sabe: en un banco hay que vestir con corrección, ser agradable y formal.

CHIQUITA: En el fondo, Jorge estaba desesperado. Yo no sabía ya qué hacer con él. Lo veía siempre nervioso, apocado, se aburría. Así que con una amiga de la Facultad de Letras le arreglamos una cita. Mi amiga conocía a un chico de Bellas Artes que se llamaba Simón. Ella pensó que podían encajar porque Simón era muy seductor, muy atractivo, de modo que organizamos un encuentro.

*Jorge interrumpe, resolutivo, para zanjar pudorosamente el tema.*

77

JORGE: Y desde ese día, hasta hoy. Fue como una adopción. Nos adoptamos el uno al otro. Fue fácil. Muy fácil.

TETÉ (*desde el fondo del escenario, apunta, seria e inquisitiva*): Buenos Aires era otra cosa en esa época, ¿entendés? Todo era más fácil en algunos aspectos, pero mucho más difícil para depende de qué. Las chicas iban siempre con pollera, los chicos con traje, y si eras distinto, ya sabés a lo que me refiero, *distinto* como Jorge y Simón, nada resultaba fácil.

LUCÍA: Corto. Desde mi escritorio, rodeada de cintas grabadas, notas y tarjetas escritas con la cuidada letra de Jorge, interrumpo el diálogo. Se supone que esta es la representación de su encuentro, pero algo me frustra, no logro ver de qué se trata. ¿Qué me falta? De nuevo, tropiezo con los problemas que surgen de la narración. ¿Qué sucedió entre el primer ataque psicótico de Simón en el servicio militar y su llegada a Buenos Aires? Nadie sabe nada de lo ocurrido en ese intervalo de tiempo. ¿Cómo se recuperó? Teté me había hablado de un sanatorio en Córdoba, pero nadie da más datos. Lo único que tengo es que Simón había llegado finalmente a Buenos Aires, logrando una vez más cuanto se propuso. Escardó le vio en acción, había visto la biblioteca, su gran proyecto. Pienso en Simón, tan seductor, simpático y elegante, y en cómo le había caído en gracia a la autoridad competente y a la mujer de Escardó. Le otorgaron una beca en el Conservatorio Nacional. Simón ha aprendido en ese momento otra lección importante: para llegar a donde quieras en esta vida, las mujeres son la clave. Esa beca recién otorgada le ha conducido directamente a la capital, y ahora estudia Escenografía y Bellas Artes. Miro las fotos y reflexiono de nuevo. Cómo relatar lo que no has visto. Cómo guiarte por las fotos, por lo que estas te cuentan. Qué fue lo que hizo que ese encuentro funcionara. Cuando Simón ve a Jorge, descubre en él a un muchacho tímido e inseguro, responsable, bueno y cultísimo. Simón sabe que Jorge tiene algo de lo que él carece: conocimiento. Simón es pura parafernalia, como una de esas volutas de las columnas corintias que le encantan. Jorge, en cambio, es prácticamente un erudito. Se ha matriculado en Filosofía y Letras y saca matrícula de honor en todas las asignaturas. Jorge será la verdadera universidad de Simón, le enseñará cuanto necesite saber sobre arte e historia y él sabrá aprovecharlo. Tiene que ser eso. Reviso las notas una vez más: al poco tiempo de conocerse, Simón se muda al departamento que comparten Jorge y Chiquita. En esa época, el espacio es un caos. Las fiestas de Chiquita y sus amigas son legendarias, pero Simón se encarga de que eso termine: les pone las maletas en la puerta ante sus narices a todas las diletantes que pululan por ahí de un día para el otro. Empiezo a reconocer una de las cualidades más importantes de Simón: puede ser un seductor, pero también un tirano. El deber, su misión, son más importantes que todo lo demás. En esta ocasión, se comporta según lo mencionado con todo: impone orden hasta que lo que le molesta desaparece.

TETÉ (*que me interrumpe justamente a mí, la voz en off de esta escena*): Pudo largar a todas, menos a Chiquita. Nadie largaba a Chiquita de ningún lado.

LUCÍA: Chiquita, claro. Qué cosas, los motes. Nunca un apodo fue tan contrario a una personalidad. Chiquita es el álter ego de Simón, al menos en parte: una apisonadora. Ella fue la que decidió irse de Rosario, su ciu-

79

dad natal, para ser telefonista en Buenos Aires. Es ella la que lo hizo todo: arrastra a Jorge tras de sí, encuentra piso, entabla nuevas amistades, construye una vida nueva. Me cuentan que Chiquita era capaz de ir a trabajar tras dos jornadas enteras sin dormir, trasnochando de bar en bar. *Chiquita*. Simón sabe que si quiere ser alguien en la vida de Jorge, tiene que aceptarla a ella. Y al margen del encuentro, que podría haber sido casual, acaban formando una piña de la que nacerá más tarde un negocio familiar. Empieza una rutina: Simón sobrevive dando clases ocasionales de francés, aunque no logra retener un solo trabajo fijo en años. Mientras tanto, Jorge echa horas en el banco y va a clases de Filosofía por las tardes. De tanto que estudia, a veces Jorge enferma. Padece, sobre todo, de los nervios. Un profesor llega a pensar que le toma el pelo cuando le dice que ha leído toda la bibliografía de la asignatura. Si tiene un examen, Jorge no se prepara: se exprime. Al cabo de un tiempo, Simón toma una decisión dolorosa y radical: dejar el teatro. Ha engordado, por más que haga dieta; es algo genético que le viene por parte de madre. Él es muy exigente consigo mismo: sabe que no puede ser Carlos Thompson si está gordo. De repente, se encuentra sin motivaciones. Ya no sabe qué hacer. Al poco tiempo de irse a vivir juntos, Simón experimenta la revelación de una de sus ideas brillantes: pondrá un quiosco con la vecina que tienen enfrente del departamento, se casará con ella si hace falta y así todos podrán avanzar y progresar.

CHIQUITA (*su voz me advierte, enfadada, desde las grabaciones*): Uno de sus delirios.

LUCÍA: Simón, por primera vez en su vida, goza de estabilidad emocional, pero no tiene nada que hacer. Ha de surgirle algo, como cuando apareció Jorge, una señal. Se niega a volver a Villa María y mucho menos a Campo Sagrado, desea quedarse con Jorge en Buenos Aires, solamente necesita alumbrar una de esas ideas, una buena de verdad. Desde que ha encontrado a Jorge, Simón se muestra tranquilo. Ya no sufre tantos ataques, como tras volver del servicio militar. Simón está destinado a algo grande, él lo sabe, pero tiene dos cargas: la gordura hereditaria por parte de madre, según se ha dicho, y el mal de su padre, lo de la cabeza, que le hace que le duela todo y que también, de alguna manera, le ha sido transmitido. No fue hasta el servicio militar que lo padeció de verdad y tras su regreso a casa empeoró, hasta que se vieron forzados a internarle en Córdoba, como a su padre.

*Llegados a este punto, aparece, espectral, la voz suave de la hermana de Jorge.*

MARI (*avanza un paso tímido para encogerse enseguida a un lado*): Yo, a Simón, lo quiero mucho, desde el principio, desde que se encontraron. Pero siempre supe que no era normal. Lo suyo no era normal.

LUCÍA: Y entonces me doy cuenta: si uno contempla detenidamente la fotografía de Simón, se ve algo inquietante en sus ojos y en la sombra que hay justo detrás; probablemente solo sea un reflejo de la luz, que está muy baja. Un halo luminoso aparece en el fondo de su ojo izquierdo. Sin duda, se trata de un efecto lumínico. En el envés de la fotografía, una frase escrita a lápiz por él reza: «Soy la sombra de la sombra eterna».

*Fin de la escena.*

# ACTO I, ESCENA II: LOS BAÚLES MÁGICOS

–¿Una obra de teatro? ¿Y por qué la están representando? ¿Por qué a mí? –le pregunto.

Cuando termino las entrevistas con los protagonistas, siempre necesito reunirme con mi amiga Cecilia, que vive en la parte alta de Buenos Aires, en Belgrano. Cecilia me escucha, paciente, como lo haría una enfermera de personajes desquiciados. Nos sentamos a tomar mate y yo le explico las mejores anécdotas, agotada y fascinada a la vez.

–Porque pueden. –Ríe Cecilia.

Le cuento que la manera en que se explica Jorge es casi peor que tener que tratar con un Simón enfermo.

–Su discurso es impenetrable, no muestra resquicios –le explico.

Cecilia me mira, sonriente, y se encoge de hombros. Sé lo que piensa. «*Pa'* qué te metes», zanjaría la cuestión si fuera española.

*Quedan únicamente Chiquita, Teté, Jorge y Simón sobre las tablas. En el centro del escenario, dos baúles antiguos.*

JORGE (*contento, empieza un monólogo*). *Mira directamente al público durante toda la escena*): ¿Cómo? ¿Nadie te contó lo de los baúles mágicos? Todo empezó así. Bueno, todo empezó con un sofá, en 1964. Simón y yo nos conocimos en ese año; nos presentó mi prima Chiquita a través de mi amiga Alicia, con quien yo estudiaba Filosofía en la Facultad de Letras. Me había mudado desde Rosario hacía poco, siguiendo a Chiquita, que se había marchado un poco antes. En el banco de Rosario tenía un buen trabajo, mi vida estaba bien; pero Buenos Aires era otra cosa. Fue así, como un juego. Nos conocimos, yo vivía con Chiquita y con cincuenta personas más, porque en nuestro departamento paraba quien quería y cuando quería. Además, ninguno de los dos teníamos nada en aquella época; con decirte que reutilizábamos los fósforos... ¿Cómo, no entendés? Sí, un fósforo, ¿cómo dicen ustedes?... Una *cerilla*; nos duraba más porque guardábamos la maderita quemada y la usábamos dos, tres veces, las que podíamos, no teníamos un mango... Yo era así, siempre fui así..., bancario. *Útero-banco*, esa fue siempre mi asociación. Juntaba platita, juntaba platita... El caso es que conocí a Simón y él decidió que ya no íbamos a separarnos nunca más. Yo trabajaba en el Banco Nación, tenía un sueldo fijo, era bastante feliz; todo lo que me preocupaba era trabajar, estudiar Filosofía y ahorrar algo para disfrutar de una mayor seguridad. Mi madre había sido siempre una despelotada y yo no quería que me pasara lo mismo. Pero a lo que íbamos: todo empezó con un sofá. Estábamos buscando departamento para irnos a vivir juntos y, cuando hube reunido unos ahorros, encontré uno precioso situado entre Virrey Cevallos y Rivadavia, lo señé y todo, aunque tras verlo Simón, hizo un gesto con la mano y dijo...

*Se adelanta Simón.*

SIMÓN (*taxativo, con los brazos cruzados*): Yo acá no vengo a vivir. No puedo.

JORGE: «¿Por qué?», contesté yo; me puse como loco, claro.

SIMÓN: Porque no entra el sofá.

JORGE: Había un sofá que le gustaba pero que no pasaba por la puerta. Yo llevaba ahorrando seis años justo para mudarme y el banco me había adelantado un año de sueldo para poder comprar ese departamento. (*Entusiasmado, reitera*): ¿No te dije, nena, que toda nuestra historia está contada a través de varias casas? Menos mal que estaba Chiquita, que siempre está Chiquita; me dijo que no nos preocupáramos porque contaba con el departamento de una amiga suya, Elena, que se iba a vivir seis meses a Brasil, y que nos podíamos mudar ahí. Fue nuestra primera casa, en República Árabe Siria y Cerviño. ¿Conoces Palermo? Es nuestro barrio de siempre. Ahí, junto al Zoológico. Una zona maravillosa, llena de boutiques y árboles. Y el departamento era muy barato, baratísimo. Yo, como siempre, confié. Pero las verdades tienen siempre dos caras; resulta que la ganga era tal porque ese departamento había sido clausurado por escándalo público. Los vecinos se quejaban muchísimo de las fiestas que allí se hacían, juergas de todo tipo, bacanales, más bien. Uno de los hijos de Marconi, el inventor de la radio, era uno de los fiesteros habituales. Imaginate. Fue una época muy extraña en la Argentina, de una libertad ilusoria en realidad. Como siempre. Dependiendo de a quién conocieras, gozabas de impunidad total. Al departamento iba gente muy importante, y lo cerró la policía, así que imaginate lo que debían hacer adentro. Por eso nos salió tan barato. En realidad, para cuando nos fuimos a vivir juntos, ya estaba la dictadura de Onganía, sabés. No se podían hacer muchas cosas, tenía que ser todo de puertas para adentro, incluso en Buenos Aires. Poco tiempo después, conseguimos un departamento muy cerca, en Lafinur 3043, también en Palermo, una zona preciosa. De modo que Simón, Chiquita y yo dimos una paga y señal para vivir ahí los tres. Era muy chiquito y muy lindo.

TETÉ (*desde el fondo del escenario*): Siempre fue una constante entre Jorge y Simón. Jorge quería comprar y Simón se negaba. Por suerte, a veces vencía Jorge, que con su obsesión en torno a la seguridad acabó salvándoles la vida. Años después, recuerdo que, cuando tenían tanto dinero que ni ellos mismos sabían la cantidad, Jorge quiso comprar un tríplex delante de la plaza San Martín, la zona más maravillosa de Buenos Aires. Yo iba a escriturar esa propiedad, lo recuerdo perfectamente. Simón dijo que no. Ignoro lo que debe de valer eso ahora. No me lo quiero ni imaginar.

JORGE (*suspira y continúa*): La única razón por la que Simón dijo que sí a nuestro primer departamento fue porque estaba intacto, y ya entonces era un maniático del orden y la limpieza.

CHIQUITA (*desde el fondo*): Ya en esa época se empezaban a ver esas cosas en él que, al principio, eran solo manías y, después, fueron una locura total.

JORGE (*haciendo oídos sordos*): Si vas a comprar, hay que comprar bien. En ese momento, Simón trabajaba de cualquier cosa, haciendo puro trabajo temporal, y lo hacía todo bien porque siempre fue muy puntilloso, pero... no terminaba de encontrar algo que le gustara. En todos los lugares donde trabajó, querían que se quedase, pero él no lo aceptaba, estuvo siempre cambiando. Hubo un tiempo en que trabajó en el Correo Postal; después, se puso a dar clases particulares de francés.

*Un fuerte foco blanco ilumina los baúles.*

JORGE: Fue justo en ese momento cuando apareció una amiga de Chiquita, Blanca, que llegaba de Mallorca cargada con unos baúles mágicos. (*Sin pausa, como respondiendo a una queja no formulada.*) Ya sé, ya sé, no eran *mágicos*, pero nos cambiaron la vida. Resulta que la hermana de Blanca, Alba, tenía tres boutiques en Buenos Aires y su hermana le traía ropa desde Palma de Mallorca para que la vendiera. Era la época del primer hippie chic, y todo lo de las islas, el Mediterráneo, nos sonaba a lo más glamuroso y exótico del mundo. La mitad de las cosas venían de la India y del Sureste Asiático, ya sabés, telitas de colores, vestidos sueltos y alguna cosa más armada, tipo *adlib*. Alba le dijo a su hermana que no la podía vender porque no había pasado por la aduana, era ilegal hacerlo; no se atrevía, tal como estaban las cosas. Por aquel entonces, no había importación de productos, en un intento por favorecer la producción nacional. Pero tampoco había moda acá, así que la gente se las arreglaba para traer cosas de esa manera; se hacían llamar «valijeros» porque traían los artículos en valijas que después se vendían en las casas, de cualquier modo. En esa época, la Argentina era otra cosa, ¿entendés? Este fue siempre un país que estaba muy lejos del centro de todo: Milán, París, Nueva York... Era como otro mundo. Esto sucedía antes de que viajar fuera asequible, antes de que la información llegara como lo hace ahora, así que nos aferrábamos a lo que traía la gente como si fueran estampitas religiosas. De este modo tan particular, al fin llegaron los baúles a mi casa, para ver si Chiquita quería guardarlos o vender la ropa a sus amigas, y cuando Simón la vio, dijo...

SIMÓN (*se adelanta y grita, indignado*): ¡Ah no, esto no se guarda así, de cualquier manera!

JORGE (*resignado, continúa*): [...] porque siempre fue un obsesivo de la limpieza y el orden, así que la planchamos toda y la colgamos en perchas, bien distribuidas, por color, forma y año. Ahí empecé a ver el ojo que tenía Simón para esas cosas. Por más que hubiera hecho un curso de escenografía en la Facultad de Bellas Artes, eso no se enseña, quedó espectacular. En esa época, yo estaba estudiando Filosofía de la Ciencia —solamente a esa edad, con veinte años, se puede estudiar una cosa como Filosofía de la Ciencia, donde nos pasábamos tres meses discutiendo sobre la diferencia entre un *ente* y lo que era un *cíber*–, y mis compañeras, camino del baño, empezaron a ver las prendas y dejaron de venir por la dichosa asignatura para hacerlo por los trapos. Yo, al principio, reté a Simón porque me distraía a todo el grupo de estudio, pero él me hizo callar. Para algunas cosas, siempre fue un lince. Llamó a Alba y le preguntó el precio aproximado de cada prenda, y en un par de semanas lo vendió todo.

*Risas generales femeninas de fondo y aplausos de Chiquita y Teté. Simón hace una reverencia, complacido. Fin de la escena y del primer acto.*

Esta escena funciona perfectamente, pienso. El inicio del triunfo me resulta estimulante. El relato parece ganar consistencia ante su éxito real. Todo cuadra, sí.

# YO SOY LA COLORADA

A comienzos de los años setenta, Jorge y Simón se establecen en la que será su boutique insignia: una casa de ladrillo rojo situada en la calle Cabello, a dos manzanas de la avenida Libertador. El barrio, de carácter señorial, está ahora repleto de cafés y tiendas de ropa caras y de corte clásico. Es lo que en el argentino lunfardo se llama un barrio «bienudo». Pijo, caro y tradicional.

Al principio, adquieren solamente un apartamento en la planta baja, donde establecen el negocio, con la intención de separar las ventas destinadas al por mayor –una parte significativamente importante de sus ingresos– del resto. El departamento de La Colorada se concibe como un showroom, a la francesa, para mostrar las nuevas confecciones. Durante esa década, empiezan a tener ventas en tiendas de todo el país: Córdoba, Santa Fe, Rosario, Neuquén... Pero poco a poco los espacios se confunden entre sí: la planta baja resulta demasiado especial e insólita como para destinarla únicamente a los comerciantes del interior y pasa a ser también un escenario de venta para las clientas más exclusivas de la ciudad.

De la misma manera, se vuelve a generar otra doble confusión: a medida que crece el negocio, Jorge y Simón

89

adquieren una nueva planta en la misma casa de ladrillo rojo y se mudan a la trastienda. Espacio público y privado quedan indiferenciados.

Las dos plantas se convierten en el negocio conocido en Buenos Aires en los años ochenta y noventa como «La boutique de ladrillo rojo» o «Lo de Jorge y Simón», conservadas aún cuando escribo esto por la pareja y alquiladas a grandes empresas de tecnología. El edificio es impresionante, imponente, incluso se aprecia en fotografías que no le hacen justicia y, a su vez, produce una cierta extrañeza. De un oscuro rojo, en medio de una manzana llena de edificios señoriales, por entero grises o blancos, parece sacada de un cuento gótico.

Miro las fotos de la casa. Además de las que yo he sacado con mi cámara, en internet las hay en todas partes porque se trata de un edificio histórico, catalogado.

Y entonces me planteo lo siguiente: «¿Hablan las casas?». No, es imposible. Pero ¿qué diría una clienta de la boutique de esa época?

Me la imagino rica y bella, de pelo rubio lustroso, vestida con abrigo de piel blanco. Sentada entre paredes nacaradas, sobre un sofá color rosa útero, en una atmósfera algo borrosa, como una de esas cámaras de los años setenta, tapadas por un tul, para borrar las arrugas de la actriz principal, que en este caso es ella.

La clienta empieza su monólogo, que dice así:

–Hay gente que no lo entiende, que nunca lo ha entendido. Jorge y Simón sí, desde el principio. Claro, ¿cómo no lo iban a entender? Simón *nació* para esa casa. Si no hubiera sido porque le tocó la mala suerte de nacer en este país tercermundista, quién sabe hasta dónde habría llegado... Versace le llamaban. Podría haber sido tan grande como Versace o Armani, sí.

»La gente generalmente no lo entiende. Pero es sencillo: el español, como nos han enseñado, es un idioma con género. Ocurre con el francés. Decimos «la cuchara», y nos la figuramos en femenino. *La cuillère.* En inglés es distinto, claro. Por eso los extranjeros se confunden siempre. *El mano... el calefacción...* y no les falta razón. Dotar de género a cada cosa en particular es algo complicado; a menos que se haya asumido como algo semiinnato, no se acaba de comprender.

»Pero una cosa es otorgar género y otra muy distinta, personalizar. Con algunos objetos, es algo común: al principio de todo, corría por aquí un muñeco de lana que una nenita llamaba Paul y lo consideraba una persona. Era un pedazo de trapo, pero para ella se trataba de un ser humano.

»Y después está aquello para lo cual personalizar resulta un tanto... extraño. Casi... No, no me hagas decirlo. Sugirámoslo. Como Simón. Por ejemplo, me contaron la leyenda del monte Ananda, en el Tíbet —¿era en el Tíbet o en Nepal?—. Bueno, no lo recuerdo. Era la leyenda de un monte que no existe, en realidad, que representaban como una mujer. Hablaban de una montaña preciosa, protegida por el dios Shiva. Aparecía en libros de historia antigua que guardaba Jorge como oro en paño en su biblioteca, él me lo contó. Dicen los libros que ascender hasta la cumbre era una de las cosas más bellas que pueda hacer el ser humano. La tierra es rojiza, y hay cerezos en su falda y matojos de violetas incluso muy cerca de la cumbre, con sus nieves perpetuas. Decían que quien ha estado ahí arriba no lo olvida.

»Pero también contaban que era una montaña porosa y, por tanto, traicionera. No se puede dar un paso en falso por el Ananda, es como un cucurucho de cartón mojado. Si no se conoce bien el camino, la muerte está asegurada.

91

»La Colorada es igual. Es porosa pero fuerte. Fue armada como si fuera un castillo de palillos de hierro por el ingeniero y arquitecto británico Regis Pigeon en 1911, a la manera inglesa. La finca hubiera podido ser un edificio más de cuatro plantas y sótano de los que hay en el barrio de Chelsea, en Londres, donde el ladrillo rojo es algo común; bueno, *común* para un barrio rico. No habría destacado. En Buenos Aires... es otra cosa. Se buscó dotarlo de cierta continuidad con el edificio contiguo, sobre República Árabe Siria, en una época en la que todavía importaba conjuntar las edificaciones. Pero, aun así, el número 3791 de lo que había sido la avenida de Las Heras Segunda destacaba. Había algo en él... algo robusto, distinto y transgresor que le valió el sobrenombre de La Colorada, en un país siempre dispuesto a buscar apodos cariñosos.

»La finca era un gran amasijo de ladrillo y hierro forjado, un símbolo de tiempos mejores, una especie de escultura puesta en el centro de Palermo. Cada una de las piezas fue traída desde Londres, lo que produjo más de un quebradero de cabeza: los repuestos siempre hubo que ir a buscarlos ahí. No deja de ser una característica *taaan* argentina: cuando hay, se derrocha. Y después, que otro cargue con los gastos. Sálvese quien pueda.

»En las épocas de mayor esplendor, La Colorada fue una casa señorial, con sus sótanos equipados con dependencias para el servicio, y mil y un rincones desconocidos. Al fin y al cabo, eso es lo que distingue a una casa de un palacio, ¿no? Que haya rincones secretos, pasillos, una estructura no necesariamente conocida por el visitante, pero igualmente embriagadora.

»Fue tal el hallazgo de La Colorada que Pigeon, su arquitecto, la reprodujo de nuevo en Boston. Pero ahí la construcción no desprende nada extraño, ni tampoco nada mágico. Está en su hábitat, en una zona donde hay muchos edificios parecidos. Es una casa más de ladrillo rojo. En cambio, quien ha estado en la casa de Buenos Aires no la olvida. La gente la suele comparar con el edificio Dakota, en Nueva York. Y es cierto, presenta similitudes: en ambas se filmaron películas: *La semilla del diablo*, en Nueva York, es la más famosa, mientras que en La Colorada se rodó *Apartamento cero*, de Martin Donovan, algo así como *Psicosis* pero realizada con menos presupuesto. Y esa atmósfera... negra. Hay algo ahí, algo indecible.

»Y sí, es curioso, nadie se lo explica. Resulta tan señorial desde fuera, y, a la vez, su entrada es tan tenebrosa... Además, en el pasado cambiaron el nombre de la calle y, durante un tiempo, el de la finca. En los años cincuenta, cuando compró el edificio la millonaria familia Mitre, fue conocido por el Palacio Mitre. Por entonces la calle había dejado de llamarse Las Heras Segunda para denominarse Cabello. *La Colorada, en la calle Cabello.* ¿Cómo no iba a evocar el nombre de una mujer? La Colorada, en Argentina, es una mujer pelirroja... La viva imagen femenina en un escenario diabólico. Pero Shiva, por su parte, es un dios destructor, ¿no te contaron?

»Es cierto, como dijo Jorge, la de ellos es una historia contada a través de las casas. Pero ¿cómo no se dieron cuenta antes? ¿Cómo no lo pensaron nunca?

# UNA TARDE CON CLELIA Y CHIQUITA

El piso de Chiquita está muy cerca de La Colorada, apenas a dos calles. En la entrada hay un retrato de una señora hermosa, un dibujo hecho a carboncillo. Tiene los ojos blancos y las pupilas negras. Chiquita me hace pasar, sin mediar palabra. El contraste constante que hallo entre su brusquedad y la amabilidad de Jorge sigue impresionándome. Chiquita no quiere hablar conmigo, ha aceptado solo porque Jorge le ha convencido. «Pasá, nena», dice, finalmente con su característica voz ronca, y entro en un espacio pequeño y acogedor. La sala tiene una mesa redonda, unas sillas dispuestas alrededor y un sofá cómodo. Pese a que no se parece en nada, hay algo familiar que me recuerda a la casa de mi abuela, en Santa Fe: un mantel de hule, un centro de mesa, una mujer en pantalones de franela que llena una tetera para las visitas.

Chiquita, con su pelo rubio cortado como un paje, parece menor de los setenta años que dice tener. Se sienta, entrecruza las manos y responde con monosílabos a mis preguntas. Es dura, muy dura. Carece completamente de tacto y le gusta llamar a las cosas por su nombre; de eso me doy cuenta enseguida. «¿Un juego? ¿Eso te dijo Jorge que hacía-

mos? Qué chanta. Nunca se trató de un juego. Eso fue trabajo, y del duro. No era para nada un jueguito. A lo mejor
ellos lo tomaron como tal, pero no lo era», ladra, furiosa.
*Un jue-gui-to.* Parece escupir las palabras con desprecio.

El asunto se presenta difícil, pero no considero algo
que, en cuanto aparece, cambia por completo la escena: el
hedonismo. Chiquita es, de todos los personajes que forman esta historia, la verdadera transgresora. Por todo lo
que ya sé, Chiquita es quien en su primera adolescencia
desaparecía para salir con sus amigos y llegaba a las tantas de la mañana. La que tenía una infinidad de amigas,
la que iba sin dormir a su primer trabajo de telefonista, la
primera en mudarse a Buenos Aires. Es Chiquita, a partir
de sus contactos y su voluntad de hierro, quien monta el
primer negocio y trabaja veinte horas al día, para sacar
adelante el primer taller, pero es también la que se retira
después porque «eso no era vida». Sé de una pelea final que
termina con todo para ella, y de la cual no quiere hablar.
De hecho, no quiere hablar de nada.

Aun así, el hedonismo llega en forma de Clelia a los
diez minutos de sentarnos a charlar. No es casual, claro. Jorge lo hubiera anunciado como algo azaroso y maravilloso
que se presentó de forma inesperada, pero yo sé que Chiquita ha citado a Clelia, la decoradora de todos los locales que
tuvieron, porque no quiere enfrentarse ella sola a una entrevista sobre el negocio. Así que, en un abrir y cerrar de ojos,
aparece otra mujer en el salón. La miro, paralizada. Porque
lo que veo no es una mujer, es una aparición imposible.

Logro dirigirme a ella:

–Clelia, ¿le han dicho alguna vez que es usted exactamente igual que...?

–Que Anne Bancroft, sí. Me lo dicen mucho –contesta ella con coquetería. El parecido es asombroso. Lo cierto

es que Clelia *es* Mrs. Robinson, pero veinte años después de *El graduado*. Alta, delgada, de porte patricio, el contraste con Chiquita es total, si bien complementario. Cada una termina las frases de la otra, y toman té. Mientras Clelia fuma, con su cuello largo de cisne y sonríe amablemente, Chiquita trastea en la cocina.

Clelia aprovecha para hablarme de sus inicios como decoradora, de la inocencia de otros tiempos.

–No sabíamos nada, ¿entendés? No teníamos ni idea de nada. Recuerdo perfectamente, un poco antes de conocerlos a Jorge y Simón, por mediación de Chiquita, claro, que yo estaba estudiando y me llamó un amigo. Acababa de llegar Juliette Gréco a Buenos Aires, y él era uno de los encargados de pasearla por la ciudad. *¡Juliette Gréco!* En la Argentina de aquel entonces, con las distancias que había, que viniera Gréco era como que llegara una reina, poco más o menos. Y para nuestra generación, ni te digo. En esa época íbamos todas de existencialistas francesas, y ella era casi como una emperatriz. Bueno, mi amigo me condujo hasta su hotel porque yo hablaba francés e inglés y allí la vi. Yo estaba agazapada detrás de él, como un animalillo, y ella me decía que me acercara, y bebía directamente de una botella de champán, de eso me acuerdo –describe, y suelta una carcajada estentórea–. Éramos todos unos nenes, ¿no, Chiquita?

–Éramos unos boludos –contesta Chiquita.

La tarde se relaja y dilata. Chiquita, con Clelia al lado, baja la guardia. Al final me mira con un súbito brillo en los ojos y me concede el beneficio de la duda.

–Nena, ¿querés que abramos una botella de champán? Va a ser todo mucho más fácil si tomamos una copita de champán...

Y así empieza el segundo acto.

# ACTO II, ESCENA I: LAS CAZABA COMO MOSCAS

*El escenario debe representar el interior de La Colorada, que a mitad de la década de los setenta resultaba suntuoso. Hay cortinajes de un rosa pálido, pesados, que, una vez recogidos, dejan ver unas cristaleras de colores irisados. Todo está recubierto por mármol de color hueso, idéntico al color de la moqueta, lo que hace que todo el conjunto parezca una cáscara de huevo de avestruz. Se oye el rumor de una fuente cercana. A un lado, un piano de cola lacado y, en primer plano, un escritorio art déco de cristal y oro, con una silla de estilo Luis XV, forrada en terciopelo dorado.*

*Sobre las tablas, Jorge, Chiquita y Clelia. Simón, vestido con un informe gris oscuro metalizado, está sentado tras el escritorio, obeso, con un bigote largo de morsa que le cubre el labio superior.*

*Jorge y Simón aparentan tener alrededor de treinta años.*

JORGE: A partir de 1976 compramos un espacio en la calle Cabello con Malabia conocida en el barrio como «la casa de ladrillo rojo». No podíamos atender al público, casi nadie lo hacía en esa época, porque todo el mundo tenía mucho miedo y simplemente tocaba la

97

puerta si sabía que había algo. Después de los años sesenta, un momento de creatividad interesantísimo, de auténtica ebullición, la década de los setenta fue el horror absoluto. Una época de cerramiento total, como si fuéramos caballos y lleváramos anteojeras. Nadie producía, nadie mostraba. La única opción era trabajar en casa. Vender así, sin llamar la atención. Para nosotros, vender sin salida a la calle tenía algo de misterio, de cuento de hadas, de ensoñación, pero además le daba un carácter exclusivo al local. Ahora la gente tiene acceso a muchas cosas y sabe lo que es un showroom, pero, durante décadas, acceder al primer piso de una boutique y que te cerrasen el espacio solamente para vos fue un signo de distinción. Y La Colorada era ideal para eso.

CLELIA: Cuando compraron La Colorada en Cabello y Malabia, hicimos juntos una primera decoración. La parte de reforma arquitectónica del lugar estuvo por entero a mi cargo, y la ambientación la realizamos conjuntamente Simón y yo. Tuvimos una química fantástica para eso, nos complementábamos a la perfección. El envoltorio lo trabajaba más yo, que conocía los materiales y la distribución del local, pero el resto lo hicimos juntos. Los colores, los objetos, todos importados, la música... Para esa clase de cosas, Simón tuvo siempre un gusto indiscutible, era algo innato, una barbaridad. Yo decía una cosa y él, otra, y nos montábamos ahí en una fantasía. Y lo cierto es que, en ese momento, la competencia no existía. Ni yo era la mejor decoradora del mundo ni él, el mejor modisto, pero no había nadie más.

LUCÍA: Argentina por entonces no gozaba de una tradición propia dentro del diseño ni en la industria textil.

Además, en los años setenta se desmantelaron completamente los centros de producción, y el único centro creativo que quedaba, el Instituto Di Tella, había sido expurgado. El consumidor argentino con un prurito mínimo de sofisticación no contemplaba Estados Unidos como referente. Milán y París eran los centros de moda, y lo importado, que resultaba carísimo, era un sueño inalcanzable. Lo importado y europeo, por definición, era lo mejor. Al principio de la dictadura militar, se favorece la exportación de grano y materias primas, y se aniquila la industria. No conviene alimentar la producción, sino que se juega, como en muchos otros momentos de la economía argentina, con la especulación financiera. Así, al país llegan grandes remesas de capital extranjero, mientras que la importación queda fuertemente gravada con aranceles. Es una época particular en la que entra mucho dinero, se hacen grandes fortunas, pero a su vez resulta muy caro gastar todo ese capital en el exterior. Nos encontramos, pues, en el periodo de esplendor de negocios tales como el de La Colorada, que ofrecía todo lo necesario para un tipo de mujer con altísimo poder adquisitivo, pero aislada dentro del país por sus circunstancias políticas.

CLELIA: El espacio destinado para que las mujeres compraran tenía muchísima importancia. Evidentemente, todo eso ahora se sabe ya, pero en aquella época lo hacíamos por completo de manera intuitiva. Creábamos una trampa. Lo que queríamos, desde el punto de vista psicológico, era que, cuando la clienta entrara, percibiera una magia especial. En ese momento, se trataba de seducirlas mediante cosas que en Argentina no veían por ningún lado. El criterio era crear un mundo ideal donde ellas se sintieran capaces de cualquier hazaña. Y vaya si lo parecían. Ahí se transformaban en la reina de Saba.

JORGE (*haciendo un gesto de división con las manos*): Estaban las que podían comprar algo, las que compraban un detallito y se iban, las que venían a pasar el rato y las que gastaban como nunca he vuelto a ver yo jamás.

CLELIA (*práctica, teoriza*): Todo se conjugó en aquella época para que una historia como esa funcionara: había un lugar idóneo, estaban las prendas y Simón tenía la mejor disposición. Pero no hay que minimizar el espacio, en el que la premisa era una sola: exacerbar el glamour. Y todo ello, a través de olores, colores y música.

JORGE (*baja la voz, en tono de confidencia, y mira a su público*): Sinceramente te lo digo, la gente me ha confesado que, como boutique, fue la mejor durante mucho tiempo. Porque era como un palacio. Tenía espejos, tules... Porque se accedía a él como cuando entras en Versalles. Si te piden doscientos dólares por un café, uno dice: «Sí, claro, es lo que vale». Te están deslumbrando doscientas mil cosas y no puedes imaginarte que un café valga menos.

CLELIA: Nuestra química, no creo que lo hubiera podido hacer yo sola ni él tampoco. Pensándolo bien, por la época que era, estoy convencida de que necesitábamos crear ese mundo ideal con un glamour diferente. Era una búsqueda del perfeccionismo. En Buenos Aires, en ese momento, todos queríamos acudir a un lugar que no existía, y Simón quería tener un lugar que no existía.

CHIQUITA (*chasquea los dedos, al dar con el término justo*): El calificativo sería *embriagador*. Todo era embriagador. Tal era la situación que había, clientas que llegaban al mediodía para que las atendieras a solas y se quedaban hasta las tres de la mañana.

CLELIA: Él creaba una telaraña y las clientas se transformaban en moscas. Era una telaraña enorme de glamour. Porque Simón fue adquiriendo con el tiempo un sentido de la proporción, del color, de la forma del cuerpo femenino, y más que diseñar, ensamblaba. Por eso, cuando una clienta llegaba con un simple vestido negro que no había comprado ahí, y Simón le decía: «Mirá, acá le pongo un hilo plateado, te añado esta rosa, lo levantamos un poco y le hacemos unas mangas abullonadas, y ¿cómo queda?», la clienta no tenía más remedio que admitir que quedaba perfecto.

CHIQUITA: Ellas se volvían locas porque él entendía la figura femenina. De ahí su frase, que acabó siendo como una marca de la casa: «Esto le va, esto no le va». Lo repetía mucho. Pero tenía que crear sobre algo que ya estuviera armado.

CLELIA (*reitera, entusiasmada*): La telaraña. Yo conozco a gente muy segura, incluida yo misma, que sabemos lo que vamos a comprar siempre. A mí nadie me dice lo que me queda bien y lo que no. Simón ha sido la única persona que me ha logrado vender lo que ha querido. Simón te empezaba a poner cosas, y en ese ambiente de espejos, colores y música..., todo ese entorno embriagante, te hacía sentir como una modelo.

CHIQUITA (*enfadada, interrumpe*): Después estaban las clientas que traían la ropa de vuelta, una vez que estaban en su casa y se les pasaba ese tipo de borrachera. Y yo les decía: «Si vos querés que te atienda Simón, eso es lo que tenés, ¿para qué la compraste?». A veces parecía que estuvieran disfrazadas, pero, como el lugar

101

las embriagaba, no podían dejar de comprar; aquel sitio, el champán que corría a raudales... y luego, cuando llegaban a su casa, se querían morir.

JORGE (*pensativo, sonríe*): A Simón había algo que le perdía y era la posibilidad de venderte cualquier cosa. En ocasiones, se controlaba, pero otras, no. Era el compendio entre un seductor y un tirano que te atemoriza. Y eso a las mujeres ricas les encanta. Te seduce y obliga: «Tenés que comprar». Con todo lo maniático y loco que era, el otro quedaba reducido a una presa. Y las victimizaba, y les hacía comprar lo más superfluo. Él las cazaba como moscas, él siempre fue un especialista en eso. Le apasionaba vender y siempre estuvo muy contento de que, además, le diera unos dividendos espectaculares. Tal era el éxito cosechado que uno de los primeros días que vendimos entre dos mil y tres mil dólares, no recuerdo bien, aunque era la década de los setenta... imaginate, aquello suponía una fortuna... bueno, pues él dispuso todos esos billetes escondidos en varios sitios y me los hizo buscar uno por uno, para luego decirme...

*Simón se adelanta al primer plano del escenario, orgulloso. Hace un gesto con la mano, abarcando todos los billetes que ha encontrado.*

SIMÓN: Viste cómo he trabajado hoy, ¿no?

*Aparece por un lado del escenario una mujer de unos cuarenta años, operada, vestida de manera rocambolesca, con flores y volantes. Se queda extasiada mirándose, orgullosa, en un espejo.*

CHIQUITA (*crítica, espeta*): Algunas acababan extraordinariamente bien vestidas y otras, no. A veces metía la pata también para vender. Se ponía compulsivo y me venía gritando, diciendo...

*Simón entusiasmado, da vueltas alrededor de la clienta.*

SIMÓN (*alzando la voz*): ¡Mirala, mirala!, ¿qué te parece?

CHIQUITA: Y yo pensaba: «Como después lo devuelva, lo mato».

JORGE (*orgulloso*): Absolutamente todas las mujeres a las que Simón vendió algo recuerdan a la perfección cuál fue el primer vestido adquirido en La Colorada. Son capaces de describirlo con gran lujo de detalles. Todas lo recuerdan.

CLIENTA 1: Yo me tenía que comprar un vestido para un evento, aunque en esa época no tenía un mango, pero una amiga me los recomendó. Me advirtió: «Son carísimos» y, sin embargo, fui. Estaban aún en el negocio de Lafinur, me atendió Simón. Todavía hoy recuerdo ese vestido: azul, de manga corta, no tenía nada, era una especie de vestido a lo Jackie Onassis, de un azul azulino. Lo único que tenía de especial era un pañuelo verde que se lo había añadido Simón. Te estoy hablando de hace casi cuarenta años, a finales de los sesenta, principios de los setenta. Por la calle me paraban cuando lo llevaba, era sensacional.

CLIENTA 2 (*actriz famosa*): Una vez fui vestida de Simón de pies a cabeza a un almuerzo de Mirtha Legrand, titulado «La belleza y la ciencia», donde estaba el doctor Matera, y yo asistía como modelo. Todavía hoy podría usar el equipo que me compré: pollera larga blanca, bordados negros, top igual, vincha con el pelo carré, que entonces era mi look, y chatitas blancas y negras. Con cinturón a juego.

CLIENTA 3: Simón se iba para Europa y yo le dije, quejándome: «Seguro que no me vas a traer nada, para mí nunca hay nada...», porque yo sufro de enanismo. En ese momento, no lo entendí porque no lo sabía, pero para él supuso un reto del que no se podía sustraer. Volvió y me dijo...

SIMÓN (*avanza, juguetón, con las manos enlazadas tras la espalda, escondiendo algo*): Te traje una cosita.

CLIENTA 3 (*completamente fascinada, entusiasmada, bate las palmas como una niña*): Era un vestido de crepé, con escote, botoncitos, manga corta, corto, que me quedaba *per-fec-to*, yo no lo esperaba en absoluto. Yo, que me compraba la ropa ya hecha, no paraba de repetir: «¡No puede ser, no puede ser!». Me había visto solamente una vez en la vida y parecía hecho a medida. No he vuelto a ver a nadie que conociera como Simón el cuerpo humano, sus proporciones.

CLELIA: La tipología de los clientes que ellos tenían también incluía al nuevo rico y a las mujeres de los industriales. Simón sabía cómo engancharlas. No resultaba nada simpático, pero tenía algo y, además, montaba una especie de show para ti.

JORGE (*avergonzado*): Podías caerle muy bien o fatal. De hecho, tenía algo de juego macabro, todo lo de la venta, porque si le caías mal o no le gustabas, no te dejaba entrar en la tienda. Yo recuerdo especialmente el caso de una chica que venía a comprar, cuya madre se quedaba esperando en el auto, porque Simón no la dejaba pasar. Algunas compraban tanto que después se dejaba caer el marido para pedirnos que no les vendiéramos más. Hubo un señor que vino diciendo: «Está muy

104

bien, Jorge, todo muy lindo. Pero ayer mi mujer se gastó en ropa el equivalente a un departamento de cinco habitaciones». Y lo decía en serio, no bromeaba.

CLIENTA 2: Durante la época dorada de ellos, que coincidió con la época dorada de la Argentina, en realidad, un cliente, ya fuera mayorista o minorista, se llegaba a gastar ochenta mil dólares por temporada. ¡De aquellos tiempos! La cantidad de dinero que tenía alguna gente era demencial.

CHIQUITA (*resolutiva, explica*): Durante todo ese periodo, nuestras mejores clientas eran las mujeres de los milicos y los industriales exportadores. Yo recuerdo a muchas. En los primeros tiempos, venían las esposas de los milicos, que no sabés cómo gastaban. Eran todas *milicas.* Compraban como yo no había visto nunca, y venían a montones.

*Desaparecen las clientas. Hace su entrada una señora muy delgada y de aspecto frágil, de unos ochenta años, Marionne Kaltz, vestida de Chanel de pies a cabeza, con dos chicas jóvenes de la mano, que la sostienen mientras avanza paso a paso, temblorosamente. Una viste también con elegancia, es su hija. La otra va uniformada de mucama francesa: cotilla, uniforme negro, delantal de puntilla. Las tres aguardan de pie, junto a Jorge y Simón.*

JORGE (*susurra, fascinado, para que Marionne Kaltz no le oiga y mira alternativamente al público y a las tres mujeres*): Había una señora mayor francesa, Marionne, que acudió a nosotros a través de una amiga común, que nos dijo: «Mirá, esta tipa es como la mina del rey Salomón». A Simón era mejor no decirle algo así porque era peor; podía enloquecer él, no solo la clienta: primero había

105

que pensar qué llevarle y después venderlo, porque después hay que venderlo. De modo que si Marionne compraba por valor de veinte mil, Simón traía o confeccionaba ropa por valor de cuarenta mil porque la quería acabar vendiendo a sesenta mil... Él se fijaba metas muy locas... Esta señora venía con su hija, después me enteré de que tenía una multinacional de supermercados en París y en Alemania, algo así como El Corte Inglés de allá. Y yo recuerdo perfectamente cómo le preguntaba a la viejita...

SIMÓN (*dirigiéndose a la mujer mayor, eleva la voz*): ¿Cómo le entra a usted el dinero, Marionne?

JORGE: Y ella replicaba con un gesto de hastío...

MARIONNE (*desdeñosa*): A chorro de las cuentas de Estados Unidos.

JORGE: Por lo visto, eran los primeros productores de margarina en Oceanía. La hija había sido educada como si perteneciera a la antigua corte de Versalles, más o menos, y se acabó casando con un médico de Pergamino, de San Nicolás. (*Ríe.*) Típico. Y la vieja decía...

MARIONNE (*con voz aburrida*): Por eso vivo acá. Yo podría vivir en México, en Nueva York, en Casablanca, en París o en Londres, y tengo que vivir acá.

JORGE: Pero la hija estaba contenta. La vieja iba y compraba seis departamentos de dos millones de dólares para los nietos..., nunca en mi vida conocí algo así con el dinero... y mira que nos relacionamos con gente que tenía mucho... Una vez le pregunté cuántos empleados había en la casa de Punta del Este, la casa de veraneo, y dijo...

MARIONNE: Ay, no sé. (*Se gira para mirar a su asistenta.*) Evelyn, ¿cuántos empleados tenemos en esa casa?

EVELYN (*vestida de mucama*): Cuarenta y tres, señora.

*Jorge y Simón ríen y aplauden. Fin de la escena.*

Clelia, Chiquita y yo nos hemos cepillado dos botellas de champán en una hora y media. Ellas se ríen y me cuentan historias sobre actrices y modelos que no me suenan y que tienen nombres rococó. Pitita *Nosequé*, Marisa *Nosecuántos*. Me da todo mucha risa. Me dicen que vayamos a comprar ropa las tres juntas, que ellas tienen mucho gusto, «nena, dale, disfrutá un poco, dejá de *laburar*, viví un poco». Hemos pillado una borrachera de órdago, así que les cuento anécdotas de España y ellas ríen y aplauden, y cuando me incorporo para recoger mi bolso, veo el reloj de pared.

Debo irme. En realidad, tendría que haberme ido hace horas, ya no llego de ninguna manera a otra cita para entrevistar a una clienta de la tienda. Clelia me acompaña hasta la puerta. «¿Estás bien? Ay, nena, realmente fue un gusto. No pensaba que pudiera ser así, pero fue un placer.» Chiquita sonríe desde la sala. No sé si me la he ganado o no, pero al menos parece contenta.

Cuando salgo a la calle, me echo a caminar, intentando encontrar la avenida Coronel Díaz. Todos los personajes de esta historia viven en la misma zona cercana a la avenida Libertador, pero mi referente en Buenos Aires siempre ha sido Coronel Díaz, en el límite entre los barrios de Recoleta y Palermo. Allí está la casa adonde llegábamos cuando yo era pequeña y todo me daba vueltas: Coronel Díaz con Beruti. Durante toda mi estancia en Buenos Aires, mi mundo porteño se reduce a tres calles a la redonda de esa zona, por una razón muy concreta. Sufro de algo que una escritora estadounidense llama, en broma, «distrofia de espacio», la cual consiste en que no logro ubicarme en ningún sitio que no conozca. No sé llegar a una tienda por más que haya hecho el recorrido mil veces, siempre salgo por la salida equivocada del metro, y mi desorientación es tal que incluso si voy al lavabo de un restaurante jamás encuentro la puerta que me devuelva al comedor, y acabo metiéndome en la cocina. Esa distrofia de espacio es mundialmente conocida como la carencia absoluta de sentido de la orientación.

Ahora, con la borrachera, mi desorientación alcanza su punto máximo, pero sin la angustia que conlleva cuando me pasa sobria. Como siempre me pierdo en todas las ciudades, intento recordar el único truco que puede servirme en Buenos Aires: si el río está a mi espalda, me adentro en la ciudad. Confío alegremente en que la última vez que pasé por la calle en la que me encuentro el río se hallaba a mi izquierda, así que conforme a esta idea camino a plena luz del día, completamente borracha. Juliette Gréco, el olor a gardenias, el champán frío, las galletas dulces, todo se me junta. Llamo a mi amiga Cecilia y le explico la entrevista, como queriendo ordenarla, pero me mareo y todo me parece importantísimo y frívolo, y cuelgo el teléfono sin escuchar lo que me dice Cecilia. De repente, siento el imperioso deseo de comprarme un abrigo de pieles, para lo cual echo un vistazo a mi monedero. Tengo cien pesos. «A lo mejor me alcanza para un abrigo», pienso.

Mientras avanzo, solo veo quioscos de cigarrillos y alfajores y peluquerías low cost. Creo que las mujeres van mucho más a la peluquería aquí que en España; aquí todas se hacen el *brushing*, la manicura, van a la cosmetóloga, viven a dieta. Argentina es un país que me hace sentir constantemente menos femenina, así que quiero comprarme un abrigo de pieles, hacerme las uñas y ponerme tacones para estar a la altura de todas ellas. Lo he decidido.

Quiero ser como ellas, pasar desapercibida, muerte al zapato plano, viva el alisado japonés.

En esas estoy cuando me doy de bruces con la calle Juan B. Justo. He caminado buscando en círculos concéntricos una tienda donde comprarme lo que fuera, hasta llegar a un lugar que reconozco perfectamente. Juan B. Justo y la vía del tren. En esta calle me enamoré yo.

# PRIMERA LECCIÓN DE LA HIJA DE LOS EMIGRANTES ARGENTINOS: EL PONCHO

Para contar esto, primero tengo que hablar del poncho. Esta historia no se va a entender si no, y en cuanto pienso en el poncho me da un ataque de risa y me acuerdo de Julia. El poncho es una pieza de ropa, pero para nosotras supone la metáfora de toda nuestra infancia.

Cuando tenía cinco años empecé a ir al colegio. Mis padres me apuntaron a la escuela a la que iba Julia, la hija de sus mejores amigos, una pareja de argentinos que conocieron en Rosario en su época de estudiantes y que acabaron como nosotros en Barcelona. Julia y yo nos criamos juntas y, a falta de una hermana mayor, ella, que me llevaba dos años, ejerció como tal. Julia tenía el pelo rizado y llevaba un diario íntimo en el que anotaba cuidadosamente todo cuanto le pasaba. Julia fue la primera en pegar pósters con estrellas de pop en la pared de su cuarto, la que se agujereó las orejas para ponerse pendientes, quien me explicó cómo usar un tampón y cómo besar a un chico. Pero eso fue mucho después. Primero, Julia empezó a ir a un colegio de la zona alta de la ciudad y, cuando hubo que escolarizarme, allí fui yo también.

Todavía hoy nos preguntamos cómo se les ocurrió a

nuestros padres –en qué mundo ilusorio vivirían entonces– vestirnos con poncho andino y pasamontañas de color café con leche para ir al colegio. Incluso ahora, transcurrido el tiempo, solamente puedo atribuir esa decisión a
una tremenda inocencia de padres primerizos que no sabían dónde estaban. Hoy en día, al recordarlo, Julia y yo
nos miramos, ponemos los ojos en blanco y esbozamos
una sonrisa de víctimas por haber padecido los daños co-
laterales propios de un exilio. Hay muchas anécdotas más,
pero todas tienen cabida en esa. Poncho de lana gruesa y
pasamontañas marrón frente a niños con el último modelo de anorak de nylon de colores chillones. No lo habrían
hecho mejor si nos hubieran colgado un cartel que dijera:
«Persona rara». «Desde entonces, detesto el folk» es la frase
que uso cuando relato esta anécdota en una cena para hacer reír a la gente. La risa es un factor clave en todo esto,
en especial a medida que pasa el tiempo. Julia y yo lo
aprendimos bien. El poncho nos daba tanta vergüenza
como la que empezaron a darnos nuestros padres gritones
y despreocupados, quienes nunca tenían lista la bata del
colegio, ni se sabían las capitales de comarca catalanas, por
no hablar de las tradiciones. El intento de mi madre de
asar aquellas castañas que casi hacen estallar el horno se
convirtió en la primera anécdota risible, que nos sacaba a
Julia y a mí de dicha anormalidad. Si nos reíamos, seguíamos siendo diferentes pero un poco más cercanas. Si nos
reíamos, no conseguíamos el anorak, pero al menos con-
trolábamos la historia. Si nos reíamos, éramos menos par-
dillas.

Aunque lo importante en esta historia son los ojos en
blanco. Aún hoy, los ojos en blanco sirven para explicar
cómo, desde ese momento, tuvimos que lidiar con una
dualidad, una esquizofrenia, entre lo que había en casa y

fuera de ella. El poncho, la comida y, sobre todo, el lenguaje.

–Nena, bajá a comprar una *varisha*.

–¿Qué? Papá, no te entiendo.

–¿No sabés qué es una *varisha*? Pero ¿cómo no sabés?

–No sé de qué me estás hablando, no.

–¡Una *varisha*, nena! ¡Pan! Pan largo, así, recto...

–¿Una barra de pan?

–Qué sé yo, sí, una *varisha*. «Una barra de pan», mirala a la española...

*Comprá una varilla. Un durazno. Ananá. Ponete la malla, las bombachas, la pollera, los aritos. Ordená tu pieza. Salí de acá, dejate de hinchar, no me rompás las bolas, tapate con la frazada*, etcétera.

Julia y yo nos disputamos una anécdota anterior al poncho, de cuando íbamos a la guardería. A Julia le contaron que le pasó a ella. A mí, que la protagonista fui yo. En esta historia, una de las dos cantaba la canción infantil catalana «Cargol treu banya, puja la muntanya» en un autobús, bajo la arrobada mirada de los otros pasajeros. En esta anécdota, una señora mayor le dice a la madre en cuestión: «Qué bonito canta la niña en catalán», y la madre sonríe, sin saber de qué le está hablando la mujer. Al no entender el catalán, la madre pensaba que una de nosotras chapurreaba en un idioma inventado. Esta era nuestra relación habitual con el mundo: un equívoco tras otro, un hallazgo continuo.

El argentino empezó siendo el único idioma con el que nos comunicábamos en la matriz casera, pero la cosa viró poco a poco hacia otro estadio: al del uso de un diccionario argentino-español/español-argentino que aplicábamos a cada escena sin esfuerzo, como si se tratara de un automatismo. Todavía hoy, Julia y yo sabemos imitar a nuestras madres a la perfección. Hemos creado un personaje Madre muy especial, común a todas las hijas de argentinas criadas en España que yo conozco. Es un estereotipo, claro, pero es el nuestro. Otra vez a vueltas con el humor. Consiste en adoptar un timbre un poco más agudo que el propio y comentar cualquier cosa con aire de despiste; generalmente, un equívoco o algo relacionado con su apertura de miras, que sea hippie y desfasado. «¿Vos viste *Asesinos natos?*», le relato yo a Julia, imitando a su madre en una escena real que viví con ella a mis quince años. «¿No te *parese* como un viaje de *ásido?*» Ojos en blanco. Personaje: Madre argentina. Risas. Tiempo después, cuando viví en Buenos Aires durante un año, conocí a otras madres argentinas. Una le encargaba las bragas en la mercería a su hija de treinta años. Otra me arrebató una bufanda de las manos para abrigar a la suya, también treintañera, ante los atónitos ojos de todos los presentes. Reviví aquella sobreprotección, combinada con un punto de histeria femenina y seductora muy particular. «Quien lo ha vivido lo sabe», solíamos decirnos con resignación. Para mí fue una revelación. Pensaba que nuestro caso era único en el mundo, así que un día llamé por teléfono a Julia desde un locutorio:

–Tía, ya lo he entendido todo.

–¿El qué? ¿Qué pasa?

–Nuestras madres no estaban locas, Ju. O, al menos, no más que las demás mujeres de aquí. ¡Solamente eran argentinas!

–Vale. ¿Y qué tal te va por ahí? ¿Ya hablas en porteño?

El hijo de emigrantes desarrolla un sentido auditivo especial, muy parecido al bilingüismo. Cuando se trata del mismo idioma, es mucho más sutil y gracioso para los demás, porque lo que tienes es dos acentos: el doméstico y el

113

social. Con el tiempo, acabamos optando por uno, pero aún hoy soy capaz de reconocer en quienes han vivido la misma situación que yo un tono de voz especial, un timbre difícil de definir pero no de identificar. Es una musicalidad distinta en el habla, junto con el empleo de unas «eses» muy españolas, por contraste. En esas voces está la dualidad que conozco tan bien y que se pone a prueba en cuanto me llama por teléfono un familiar. «Te sale el acento argentino», dicen mis amigos, cachondeándose. Yo pongo los ojos en blanco y sonrío, sintiéndome distinta, *especial*.

«No sé», pienso mientras en mi imaginación me ajusto el pasamontañas parduzco tan poco *cool*, tan hippie.

# CARTOMANCIA

*Septiembre de 1976*

Jorge avanza por la calle y suda. Son las tres de la mañana, «ya se han hecho las tres de la mañana otra vez, parece mentira», y ahí está él, saliendo de La Colorada, arrastrando un perchero que traquetea por el adoquinado.

Simón, en la parte de atrás de La Colorada, sigue con las cartas. Quedan unos cuantos vestidos por arreglar, Chiquita está agotada, ninguno de los tres ha dormido, pero Simón yace en el suelo, en el centro de la moqueta clara, con las cartas. Cuando se enfrasca en esas cosas, no hay quien lo saque de ahí. Siempre la superstición. Siempre las señales. Separa la baraja, deja de lado los arcanos mayores y empieza de nuevo.

Jorge camina, la noche es extrañamente calurosa y negra, negrísima. La mitad de la ropa está en el almacén de Lafinur, qué pavada, son apenas unas calles, pero tiene que ir ahora o no llegarán a tiempo. La boutique de Lafinur hace años que se les quedó pequeña. En un principio la usaron como tienda para vender al por mayor, así intentaban separar los pedidos de las tiendas del interior de los de las clientas, pero, como siempre, se les acabó mezclando todo, casa y trabajo, venta al por mayor y venta directa. Ahora que hacen desfiles, no tiene sentido no organizarlos también para los clientes mayoristas, así que el espacio de Lafinur se ha transformado en un almacén.

Y ahí está él, en medio del empedrado, con un perchero industrial en la mano. Tiene que ir a buscar unas prendas para que las planchen antes de que lleguen unas clientas a primerísima hora, poco antes del desfile. Está nervioso porque quedan apenas unas horas y no hay tiempo que perder. Además, no hay nadie en la calle. «Cómo va a haber alguien, nadie en su sano juicio sale a la calle a estas horas, tal y como está todo.»

Mientras Jorge avanza calle abajo, Simón inspira el aire con dificultad acuclillado en el suelo y se dispone a sacar solamente dos cartas de entre los arcanos menores. Oros, copas, bastos o espadas. Eso del diablo, el colgado y las brujas lo hace solamente para las clientas, que son *macanas*. Así las entretiene y encandila. Todo el mundo sabe que los arcanos mayores sirven, en realidad, para ver qué quieren que uno les diga. Y las mujeres aspiran a ser queridas, menuda noticia. Una mujer que anhela es una mujer al borde de algo. Y a una mujer al borde de algo solo hay que darle un empujoncito.

Cuando Jorge está a menos de media calle del portal de Lafinur, le paran un par de hombres con trajes baratos, que le piden la documentación. Jorge se echa a temblar. No sabe si son policías, milicos o qué.

Simón saca la primera carta y da un respingo. La baraja es vieja, la encontraron en un anticuario en París, y en ella, con los dibujos maravillosamente reproducidos, se muestra unas figuras de estilo medieval. En la carta, una imagen, no se sabe si de un hombre o una mujer, permanece semiincorporada en un lecho tallado en madera. Parece haberse despertado de una pesadilla y del susto se cubre el rostro con las dos manos. Sobre la cama, como si se tratara de una persiana, horizontales, hay unos sables cuidadosamente dispuestos en paralelo.

«Nueve de espadas otra vez. Pesadillas y lágrimas.»

Jorge puede estar tranquilo, no está haciendo nada malo, solamente el que llevara las perchas cubiertas les ha hecho sospechar... «Puede irse», le dicen, y Jorge sigue caminando. Como ya no estudia en la facultad, al tener que ocuparse del negocio, no hay tanto riesgo de que le confundan con un izquierdoso.

Simón saca otra carta. «No puede ser», murmura.

Jorge hace tiempo que no ve a algunos de sus compañeros de facultad.

Diez de bastos otra vez. Después del nueve. *Otra vez.*

Jorge no piensa en eso, sino en el perchero y en lo que queda por planchar.

El diez de bastos es un muerto.

# SEGUNDA LECCIÓN DE LA HIJA DE LOS EMIGRANTES ARGENTINOS: EL RELATO DE LA DICTADURA

Por descontado, no todo era gracioso. La parte seria del asunto la empezamos a abordar poniendo en común las historias de cada casa. En la adolescencia, en ese momento en el que todo eran conversaciones eternas entre nosotras, la marca de cada familia se dejaba ver e incluso se convertía en un orgullo; unas heridas de guerra por delegación que nos mostrábamos las unas a las otras.

Poníamos a Janis Joplin en el tocadiscos de alguna casa y me avergüenza confesar que hasta una de nosotras se tatuó las manos con jena. Con mis amigas hijas de argentinos, todas ellas compañeras de colegio –los argentinos de clase media se preguntaban los unos a los otros en qué colegio era mejor matricular a sus hijos, así que en mi escuela había, al menos, tres o cuatro por clase, entre el 5 y el 10 por ciento–, nos sentábamos a hablar, tomando café. Éramos María, Julia, Lucía y yo. Sí, dos Lucías, un nombre muy común por entonces. Yo era Lucía Pequeña. Tenía trece años; ellas, quince, y conversábamos durante horas. Y en algún momento terminaba por aflorar aquello.

Los padres de Lucía Mayor tenían una maleta preparada en casa para el día que decidieran, definitivamente, volverse a Argentina a vivir. La alerta de que una amiga se marchara de pronto estaba ahí, pero fue siendo cada vez menos importante con el tiempo. Aun así, había muchos casos en los que sí se iban. Hacía poco, por ejemplo, que se habían ido los Melgratti, y con ellos mi amiga Bárbara y su hermano Luis Mariano. Los argentinos judíos seguían en ocasiones una emigración con destino a Israel, y hacia ahí se fueron Facundo, Martín y David, quienes también iban a mi colegio. Cuando manteníamos estas conversaciones, se nos hacía muy extraña la idea de que Lucía se pudiera ir, pero todo era posible. Las opciones de regreso a la madre patria decrecían con el tiempo, a medida que nuestros padres se integraban más y más en la que se había vuelto su realidad, y progresaban laboralmente, se hipotecaban y tenían amigos catalanes, y aprendían que el aceite de oliva también estaba bien, y empezaban a decir «tapate con la manta» o «ordená tu cuarto», en un idioma mixto de nuevo cuño. Pero ahí seguían.

Aun así, Lucía nos contaba que su madre aún tenía la maleta preparada, y nosotras asentíamos, ya sin poner los ojos en blanco, sino con una gravedad compartida que se renovaba. Durante años, vivieron instalados en la idea de que su estancia en Barcelona sería transitoria y duraría lo que la dictadura militar.

*La dictadura.*

Julia narraba y nosotras escuchábamos con cierto deleite perverso la historia de su salida del país: sus padres habían dejado la casa en Rosario para que tuviera lugar en ella una reunión de Montoneros, y cuando cayó el comando, era cuestión de tiempo que dieran con ellos. Al abuelo de Julia le llegó la advertencia por parte de una vecina, y la familia salió corriendo de la ciudad con lo puesto, más una pequeña maleta. Tenían que llegar al aeropuerto antes de que lo hiciera la orden de detención, de modo que tomaron el primer vuelo a Madrid que salió. Solo sintieron que estaban a salvo cuando despegó el avión.

Mi madre le había teñido el pelo a un amigo de la guerrilla que apareció en casa en mitad de la noche y le había acompañado hasta la estación de autobuses. El padre de María tenía una exnovia desaparecida. Mi padre enterró sus libros –marxistas– en el patio de casa de mi abuelo anarquista, quien no sabía cómo explicarse que su yerno corriera peligro. Todavía hoy, cuando escribo esto, reconozco un goce extraño, el de la historia contada de oídas: nuestros padres, *los valientes*; nuestros padres, *los mártires*; nuestros padres, *los padres*.

# LOS NOMBRES DE CARMEN

> Agotó su belleza frente a un espejo en
> La Riviera.
>
> BABASÓNICOS,
> «Perfume Casino»

## *Julio del 2008*

La avenida Libertador es una de las más largas de Latinoamérica. Se extiende desde la parte baja de lo que se denomina «la *city* financiera» hasta más allá de los límites de la ciudad propiamente dicha. Serpentea por los barrios residenciales de Olivos, San Isidro y San Fernando, alcanzando los treinta y cinco kilómetros de longitud. *Treinta y cinco kilómetros*, ahí es nada.

Esta calle exhibe todo su esplendor entre los barrios de Retiro, Palermo y Belgrano. La avenida de ocho carriles de ancho discurre frente a parques, hipódromos, lagos y embajadas. En esa zona se muestra como una única vereda de edificios repleta de cafés, tiendas de objetos de hípica, restaurantes a 50 euros el cubierto y concesionarios de coches de lujo. La avenida Libertador no representa únicamente un escaparate y un símbolo de estatus, sino también un estado mental de la oligarquía argentina.

Hoy es un mediodía soleado de julio, frío pero de apariencia primaveral. Las aceras de Libertador están pobladas de ricos ociosos, con chaquetas inglesas caras y rostros de ascendencia suiza e italiana que recuerdan una frase que le oí pronunciar hace tiempo a mi tío: es la zona donde van a sentarse «los que se hacen ricos contemplando a las vacas parir en el campo». Los hombres están bronceados, tienen el pelo fuerte y espeso, y leen el diario *La Nación*. Las rubias cuarentonas de buen ver y las morenas a lo Cristina Kirchner de labios glaseados toman todo el sol que pueden, como si fueran lagartos inútiles, mientras sorben cafecitos, a la espera de que sea la hora de entrar en el *gym*.

Me he citado con Carmen Yazalde en un café de la avenida, uno de tantos, de nombre francés y mesas blancas. Los coches pasan veloces, pero apenas se oyen, el día es demasiado bonito y no hay tráfico.

De repente, ahí está. No he visto nunca antes a Carmen Yazalde, más que en un par de fotos de la década de los ochenta de los desfiles de Jorge, pero la reconozco al instante a lo lejos. Hay algo en el caminar de esta mujer esbelta, arrebujada en su abrigo, que me hace saber de inmediato que es Yazalde. Cubre su rostro con unas gafas enormes y un sombrero de lana, pero sus andares son inconfundibles. Pese a que no camina como creía yo que debe hacerlo una modelo –aunque parezca absurdo, esperaba descubrir a una mujer avanzando con la mirada muerta y poniendo un pie delante del otro, como en una pasarela–, al verla uno tiene la certeza de que se trata de *alguien*.

Es alta y delgada, y lleva el pelo liso suelto, teñido de un castaño claro, sin brillo. Se me acerca sonriendo, simpática, sin quitarse las gafas de sol. Me mira sin ver, dirigiéndose en todo momento a algún punto por encima de mi hombro. «Vamos adentro», me ordena tomándome del brazo. Tiene la voz grave, más grave de lo que parece a primera vista, con un acento curioso, entre portugués e italiano, salpicado por dichos argentinos. «He tenido una noche espantosa y no quiero sol.» Tose un poco, se arropa con su abrigo y pide un té verde. Duda. En el bar la conocen porque vive cerca y porque Carmen es famosa.

La camarera le sonríe y espera pacientemente mientras Yazalde da vueltas y más vueltas y piensa qué quiere, qué desea. Al final, se decide por un pastel de manzana. Cuando llega, no se lo come, apenas lo desmenuza. Dice haberse pasado la noche vomitando a causa de una gripe. La verdad es que no tiene buen aspecto, su tez luce grisácea. Debe de ser también por la piel, sensible como si fuera papel de fumar. Muestra algunas arruguitas alrededor de los labios carnosos, probablemente retocados, y más arrugas en la frente, pero ni en broma aparenta los cincuenta y ocho años que tiene. Su cuerpo de gacela, cuidado y trabajado, se adivina bajo la falda de lana; el responsable último de que haya seguido desfilando como modelo. Maquillada debe de tener una pinta espectacular. Charlamos un poco sobre lo que pasa actualmente en el país, la versión latinoamericana de cuando los europeos hablan del tiempo. El conflicto del campo le parece «un horror», por eso estuvo manifestándose dos días antes con otras amigas aquí, en la misma avenida Libertador, «para que la presidenta Kirchner derogue las medidas contra los agricultores». La imagen de Yazalde, junto a otras modelos, con sus gafas caras, oscuras y enormes, y su abrigo de cachemir en una manifestación, me fascina y resulta a un tiempo imposible. Qué país esquizofrénico, pienso.

La de Carmen es una buena historia y, como en toda buena historia, la protagonista tiene más de un nombre. La mujer que tengo sentada delante de mí nació como Maria do Carmo Ressurreição de Deus en el seno de una familia pobre de Guarda, en Portugal. Hay pocas cosas que contar de una infancia como la de Carmen: muchos hermanos y ganas de irse. Ella se escapó con lo que tenía, su cara. En las primeras fotos de Carmen, puede verse a una chavala rubia, flaca, de sonrisa enorme y ojos verdes. A los quince años ya había ganado varios concursos de belleza de tercera categoría y las revistas portuguesas se fijaron en ella. Aprendió a posar y pasó en unos meses de ser una niña flaca a convertirse en la «vecinita de al lado» de la época. Sus ojos almendrados, la cabellera rubia, larga y sedosa, su risa contagiosa y unas piernas interminables cumplían en ella el sueño de la chica alegre, seductora y dorada por el sol de finales de los años sesenta. Por las instantáneas de la época, se puede entrever parecidos con la Bardot y Nico, cantante de The Velvet Underground, dependiendo del ángulo. Carmen poseía «lo que hay que tener», algo de camaleón intuitivo.

A finales de los sesenta, gracias a su belleza y su cuerpo, Carmen, que ahora se hace llamar Carmize, consigue algún contrato de anuncios en televisión mientras trabaja en el teatro local de variedades. El director de cine Jesús Franco, que rueda en Portugal por esa época, la descubre en un casting y la contrata para sus rodajes. Con Franco, Carmen pasa a llamarse Britt Nichols y graba un total de nueve películas entre 1970 y 1974, que los fanáticos del cine del autor recuerdan con delirio. Britt es una de sus musas, quizá la más bella. En casi todas ejerce de seductora voraz: es una vampiresa sedienta de sangre o un ser alado destructor. El hambre erótica de las grabaciones de Franco constituye el vehículo perfecto para una estrella en ciernes como ella, y Britt electriza la pantalla. Justo en ese momento, en pleno auge del cine de serie B, Carmen conoce a un futbolista argentino, Héctor Yazalde, a quien

124

todos llaman por el sobrenombre de Chirola. Yazalde, nacido en una zona humilde de las afueras de Buenos Aires, ha llegado a Lisboa tirando también de lo que tiene: su físico. Alto y moreno, es un fenómeno con la pelota. El Chirola está loco por la rubia y le propone matrimonio, con una única condición: que deje el cine. Yazalde es un chico de barrio, tradicional, y Carmen muy hermosa, demasiado para que vaya por ahí de rodaje en rodaje, donde –como ella dice, quién sabe si modestamente– todos se enamoran *un poquito* de ella. Se rumorea, por ejemplo, que Alain Delon la persigue por España e intenta cortejarla mandándole flores y bombones. El Chirola lo tiene claro: o el cine o él.

La leyenda del cine Jess Franco ayuda, por teléfono, a reconstruir qué supuso Carmen en aquel entonces:

«Yo me fui a rodar a Lisboa con financiación francesa y alemana a finales de los años sesenta. Eran tiempos nefastos, pleno franquismo, y en el cine resultaba imposible trabajar bien. Para rodar algo en España, tenías que comprometerte a que el 95 por ciento de la plantilla fuera española; no podía contratar a quien yo quisiera, y, además, nunca había garantías de que después no te pararan un rodaje. Ni hablar. Así que me fui a grabar a Portugal, donde todo eran facilidades, tanto para filmar exteriores como para obtener los permisos, y después hacíamos la posproducción en París o en Berlín.

»Cuando conocí a Britt, ella era Carmize, su nombre artístico de entonces. Supe de ella a través de Víctor Costa, el director de producción, un tío sensacional con el que trabajar resultaba un placer. En mi segunda película en Portugal, yo necesitaba a una chica que fuera guapa, que tuviera cierta presencia. Así que contacté con él, y me mandaron a cinco o seis. Por descontado, en cuanto vi a

Carmen, no hubo color; era una preciosidad. Parecía muy joven, debía de tener unos veinte años, pero a la vez era muy adulta en sus actitudes, de una profesionalidad impecable. Había desempeñado unos papeles pequeñitos en la tele y en el teatro portugués de variedades, una escena muy casposa, propia de la época. Nos entendimos perfectamente porque, a pesar de carecer de formación, era una estrella nata. No tenía ademanes de vedette, nunca ponía problemas, no se andaba con moralinas absurdas. En ese momento, yo rodaba pelis sexys –bueno, ahora me meterían en la cárcel por pacato, pero en aquella época eran consideradas películas fuertes, por los desnudos–, y ella trabajaba de forma espléndida, sin una queja, como una profesional.

»Lo del nombre fue cosa mía y de los tíos de producción. Por entonces, me financiaba el estudio de Brauner, CCC Filmkunst, y lo de Carmize no les gustaba; querían un nombre más internacional. Yo sabía que ella era tan dúctil, tan hermosa, que un cambio probablemente le reportara papeles más importantes. Britt sonaba bien, tenía un deje nórdico, como Britt Ekland. A los alemanes les encantó y a ella, también. Eso coincidió con un momento en el que le ofrecí papeles más importantes, como en *Drácula contra Frankenstein*, donde sale estupenda. Yo tenía miedo de que nos la quitaran porque era muy buena.

»Un día me llamó Roman Polanski, quien estaba buscando actriz para *What?* y había visto la imagen de Britt, que le recordaba mucho a Sharon Tate. Quería hacerle unas pruebas y, cuando se las hizo, la quiso contratar de inmediato. Yo le dije a Polanski que valía muchísimo y que su despegue era inminente. Pero el novio futbolista se lo prohibió. Creo que a ella le dio miedo lo efímero del mundo del cine y optó por no contradecirle. Yo no me lo podía creer; intenté aconsejarle: eso iba a ser algo que la catapultaría, pero ella estaba muy enamorada y no lo mandó al carajo, me refiero al futbolista. Parece mentira ahora, ¿no? Suena tan antiguo... En el fondo, Britt era una chica muy normal, muy sencilla. Nadie lo diría cuando aparece en pantalla, pero ella era así».

Cuando Carmen se casa con Yazalde, él ha marcado para el Sporting de Lisboa cuarenta y seis goles en treinta partidos y está listo para comerse el mundo con el Olympique de Marsella y la selección argentina. Pero el Chirola sufre una mala temporada en Francia y se cansa pronto del extranjero. Parece dispuesto a volver a casa. Tras convencer a Carmen, hacen las maletas rumbo a Buenos Aires. Entonces Carmen comienza su carrera como modelo en la ciudad argentina. Llega precedida por titulares como «El gol del Chirola», con una foto en la que posa despampanante en bikini. Y Argentina cae rendida a sus pies, como todos los demás. El Chirola no se opone a que su mujer desfile en casas de moda, siempre y cuando no vuelva al cine, donde hay demasiadas tentaciones.

Así que Carmen Yazalde regresa a su faceta de modelo y lo hace en un país complejo, que a ella le resulta fascinante: «Yo llegué sin conocer nada. Estaba muy contenta por estar con mi marido, y esta era su casa, pero no conocía a nadie. Lo que pasa es que yo sabía, tenía cierta experiencia de lo que andaban buscando las casas de moda, y eso a mí me sirvió mucho. Aparte de que yo era bonita, tenía algo más que las otras: altura, un pelo lindo e interpretaba. No me costó nada que me contrataran. Se trataba de un momento peculiar: había boutiques buenas, y todas organizaban desfiles exclusivos, cerrados al público. Christian Dior y Gino Bogani representaban lo máximo. Y, en realidad, las modelos auténticas éramos apenas cuatro o cinco: Teresa Calandra, Andrea Frigerio, Ethel Brero, Tini de Bucourt. Todas somos muy amigas aún. Era como un *star system* privado, corríamos de una pasarela a otra porque los diseñadores requerían siempre nuestra presencia, y la pasábamos en grande».

Los titulares de la época, de 1975 a 1979, todavía no colocan a Carmen al frente de la crónica social. Es una belleza reconocida entre los diseñadores, pero aún no ha dado el salto a la primera plana. Es lo que se conoce en la época como «una excelente *mannequin*».

«En ese primer momento, conocí a Jorge y a Simón. Fue casi a la vez como clienta y como modelo. Me habían hablado de La Colorada, y la verdad es que, cuando fui, me quedé sin habla. Esa casa era puro refinamiento, una cosa desmesurada, lo nunca visto. Y a Simón le gusté, lo cual era todo un logro, con ese carácter tan especial. Me puse a desfilar para él enseguida.»

Carmen sabe por qué le gustó a Simón; es algo que no se ve en las fotos, pero ella está dispuesta a enseñármelo.

«El truco está en salir a por todas. Yo bailaba en cuanto salía a la pasarela. Revolaba los pañuelos y, en el momento de hacer el giro, adelantaba el pie, así: *tac*. ¿Lo ves?» Carmen se levanta para demostrármelo. Se quita el abrigo, las gafas y el sombrero, y se yergue. Adelanta una pierna, pone el pie en punta, como si fuera una bailarina. *Tac*. Sí, lo veo: de repente, sus extremidades se alargan, alza la barbilla y es una estatua gigante, parece medir tres metros de altura. Apenas da tres pasos por la cafetería, pero se ha convertido en otra.

Carmen regresa a la mesa y sonríe. Ha traído consigo un álbum de fotos profesional, donde aparece a lo largo de toda su carrera y, juntas, nos sentamos a admirar su rostro, su cuerpo. Yazalde, orgullosa, muestra sus cambios de look, las distintas poses; me enseña los mejores ángulos de su barbilla, el arco de una ceja, una cadera. De otra carpeta extrae fotos de los desfiles de Simón. Sin duda, Carmen es el rostro que él andaba buscando. Las fotos de la época me devuelven a una Yazalde más refinada, más dura. Ha recortado su melena, que ahora le llega al mentón, y sus pómulos resaltan como dos nueces. Simón la viste con rojos y azules brillantes, y le pone hombreras. Carmen adopta una imagen que ya no abandonará: la de amazona.

Qué cosas, las modelos. No se puede hacer buena literatura sobre en qué consiste ese encanto que poseen algunas, pero, pese a todo, es inmediatamente reconocible. De todas las instantáneas amarillentas de los desfiles, hay dos mujeres que destacan. Carmen es una de ellas. La otra me mira romántica, peinada a lo Louise Brooks, con cuello blanco y largo, y ojos tristes. «Ethel Brero», sonríe Yazalde, como gata resabiada. «A Simón le encantaba», dice. Brero, de apariencia tranquila y lánguida, era una fiera. No conocía límites. Por otro lado, Teresa Calandra, a la que Simón rechazaba con insistencia –por una vez, le falló su famoso ojo clínico–, es ahora la más famosa de las tres. «Éramos chicas top», dice, encajando su vocabulario de modelo en la conversación. «El público actual es más diverso y las chicas de ahora son unas niñas, apenas tienen dieciséis años. Nosotras éramos otra cosa: mucho menos mediáticas, pero más espontáneas y también, exclusivas.»

El refinamiento guerrero de Carmen seduce a todos: al entrar en la década de los ochenta es ya una celebridad. Su acento exótico, el marido futbolista y el rostro perfecto la convierten en una habitual de las revistas. De todo ello quedan las fotos, las películas, los desfiles de La Colorada y las amistades influyentes. Los ochenta y los noventa son para Carmen un momento álgido. Tiene un hijo, recorre Europa con Jorge y Simón: «Ah, la luna en Positano..., la pasamos bárbaro...». Se separa del Chirola, del que guarda, pese a todo, recuerdos agradables. «Mi marido era bueno. No nos entendimos al final, pero era bueno.» El Chirola muere joven, fulminado por un cáncer a los cincuenta y un años, y le deja un par de departamentos al lado de la avenida Libertador, muy cerca del bar donde me ha citado.

Hablamos de Simón y Jorge. Con ellos viajó y aprendió. De Simón rescata que le enseñó casi todo lo que sabe sobre estilismo; de nuevo, el lenguaje de modelo. «Me obligaba a comprarme cinco equipos de invierno y cinco de verano, a no tener ochenta camisas en el armario.» ¿Equipos? «Sí. Pollera, camisa, chaquetita, zapatos, bolso», enumera, como quien recita el abecedario. «Un equipo completo, ¿entendés?» Entiendo.

Carmen piensa en sus éxitos, en su aportación: «Lo importante siempre es vender la prenda. Esas son las actitudes que hay que tener. Insinuar y hacer algo que no sea normal. Caminar y ponerse a correr, cosas así. Una vende la prenda y se vende a sí misma. Es una escenografía, aunque no haga nada más, en realidad no necesitás nada más». Y es cierto: Carmen nunca necesitó nada más.

Acaba su té verde y, tras piropear un poco a Jorge y Simón («unos genios; yo lo haría todo por ellos»), sabe que no tenemos mucho más que decirnos. Se marcha a recorrer unas pocas boutiques de amigos por la zona. Sigue siendo la imagen de algunas, pero insiste en que ninguna es como La Colorada. «Ahora hay clientas que directamente les copiaron todo, pusieron una tienda y hacen lo mismo, aquí en el barrio.»

Después volverá a su casa a descansar. En unos días se va a Biarritz, dice que a dormir. Lo necesita.

130

Jess Franco recuerda:

«Mientras ella vivió en Lisboa, nos vimos tres o cuatro veces para charlar; después se fue a Argentina y solamente hemos hablado por teléfono. He tenido noticias, sé que está bien, que trabaja de modelo, que hizo televisión... Durante años, le ofrecí papeles y siempre me decía lo mismo: "Déjame leerlo", yo creo que le tentaba, pero nunca aceptó. Vaya tía. Ha sido una de las pocas personas, y mira que he conocido a muchos actores, que tenía una facilidad innata para meterse dentro del personaje. Como Klaus Kinski, se metía en el papel en dos minutos. Carmen era un animal ante la cámara, nada cultivada, sin formación. Pero la veías en pantalla y lo era todo.

»Ella está bien, ¿verdad? Me alegraría mucho que estuviera bien...».

# NO ME PREGUNTES MÁS

*Julio del 2008*

Vuelve a hacer mucho calor para tratarse de un invierno argentino. Me encamino hacia La Colorada y miro la finca desde la otra esquina. El edificio de ladrillo rojo impone, tan sólido, excelentemente construido, con sus muros gruesos, casi medievales. Miro alrededor. Delante hay un edificio nuevo.

Entro en La Colorada. Mi único recuerdo de infancia sobre Jorge y Simón –bueno, de Simón en realidad– sucede en esta casa. Era a mediados de los ochenta. Yo debía de tener siete u ocho años, y ellos organizaban entonces el showroom para las ventas al público. No sé cómo llegamos hasta ahí ni si mis padres habían retomado el contacto con ellos. Imagino que mi madre querría ver algo, pese a los precios prohibitivos, o simplemente pasar a saludar. Lo único que sé es que mi madre me dijo que no tocara nada y yo intenté obedecer. Recuerdo una araña de cristal en el techo, unas perchas de metacrilato y unos sombreros de los años veinte. Todo era hermoso e inalcanzable a la vez. Mi madre se probó un abrigo hecho con retales de terciopelo y le ofrecieron un café de una máquina expresso. Al fondo había una cocina de estilo francés, y le pregunté a un señor gordo si él cocinaba porque yo tenía hambre y me aburría. Me dijo que no. «Esto es solo para decorar, si no la ropa huele», me aclaró. Sé que a mi madre eso le pareció increíblemente sofisticado porque luego lo repitió como una anécdota a mi padre. Recuerdo la araña de cristal, el rojo de los ladrillos y a un señor gordo con bigote que no me quitaba ojo.

Ahora recorro la entrada, fría y oscura, como siempre. En este invierno que parece primavera, la casa ofrece algo protector, que aísla al visitante de las inclemencias externas.

Los espacios singulares, cuando son buenos, comparten un rasgo común: parecen burbujas, un paréntesis perpetuo en mitad de una lluvia torrencial, donde nada malo podría ocurrir. Pasa en los lobbies de los mejores hoteles del mundo, en las buenas coctelerías, en las majestuosas catedrales góticas. El interior invita a quedarse, se convierte en un útero improvisado en el que permanecer y gozar, y al salir a la calle horas después, a veces parece mentira que luzca el sol, cuando adentro estabas tan protegido de un imaginario diluvio. Hasta que te das cuenta de que, claro, era solamente imaginario.

Subo las escaleras hasta la primera planta de La Colorada, donde ahora hay una empresa que se dedica al desarrollo tecnológico. Los antiguos mármoles, el delirio de las clientas, han sido sustituidos por plafones utilitarios, lámparas fluorescentes y ordenadores Dell. Espero que Simón no lo sepa. Desde la oficina donde antes estaba el atelier se divisa el otro lado de la calle. Una quincena de oficinistas teclean a mi alrededor mientras les pregunto si me permiten y me encaramo a una ventana. Quiero ver lo que Jorge y Simón veían todos los días. Un poco más arriba hay una sinagoga de piedra gris. Varias familias avanzan, bien vestidas, en fila india, lentamente, hacia su interior. Buenos Aires alberga la comunidad judía más importante de Latinoamérica. Junto a la sinagoga se erige un edificio que no debe de tener más de diez años.

Un joven encorbatado, veinteañero, introduce unas cifras en el ordenador que hay a mi lado, sin mirarme.

–¿Qué había ahí antes? –le pregunto. Alza, con sorpresa, los ojos de la pantalla.

–¿Antes de cuándo?

–Antes de que hubiera ese edificio nuevo.

–Pará, vamos a preguntarle a alguien que sepa. –Pega un grito hacia un señor que se encuentra al otro lado de la oficina–: ¡Viejo! ¿Qué había antes enfrente?

–No sé, creo que una comisaría. O las dependencias de la Naval, ¿o era Infantería?


De los recuerdos de una amiga y vecina: «Claro que me acuerdo del edificio. Yo iba a ver a Jorge y a Simón al atelier de La Colorada, éramos vecinos y, sin duda, les caía bien. No pertenecía a su círculo, yo estaba en otras cosas relacionadas con la política, los libros y demás. Aun así, siempre me invitaban a que pasara por el negocio para ver si me gustaba algo, y me encantaba, claro, ¡cómo no me iban a fascinar sus cosas!, tenían unas telas maravillosas, una vez junté plata como para un vestido y me lo compré, era hermoso, de raso lila. Y con Jorge siempre se podía hablar de historias fantásticas, de arte, de ciencia, de filosofía. Creo que por eso le gustaba, porque hablábamos de cosas así. Iba a La Colorada y todo olía a jazmín, casi podías oír el rumor cristalino del agua en las fuentes, yo era una chica normal, de pueblo, nunca antes había visto nada así.

134

»Pero para llegar, tenías que pasar por delante de ese edificio horrible, gris, sin ventanas, custodiado por guardias. Mirá, no hace falta ser muy vivo para saber lo que pasaba en el interior de ese edificio, me refiero al de enfrente. En los años setenta, un edificio sin ventanas de las fuerzas del orden era un edificio de los milicos. Y yo, y la gente como yo, ni nos acercábamos. Después de los años que han pasado, aún hoy sigo cruzando de vereda cuando veo una comisaría. No me preguntes más, por favor. No me preguntes más».

# TERCERA LECCIÓN DE LA HIJA DE LOS EMIGRANTES ARGENTINOS: EL NOVIO ARGENTINO

Qué fácil me resulta ahora entender que cada una de nosotras tuviera un primer novio argentino. Qué risa, qué freudiano, qué topicazo sudaca. Las cuatro pasamos por nuestro novio argentino, en diversos intervalos. Pudo ser platónico –Lucía, Julia, yo– o traumático –María–, pero nuestra experiencia erótica pasó, en algún momento, por algún chico del que conocíamos perfectamente la dulzura de las consonantes, o más bien, la *reconocíamos*. Por lo general, se trataba de un argentino de pura cepa, no emigrante como nosotras. Todas suspiramos por un chico distinto, aun cuando en el fondo fuera siempre el mismo: era alguien que nos decía cosas preciosas al oído que no habíamos escuchado antes.

Yo me enamoré de Nicolás en un viaje a Buenos Aires. Tenía dieciséis años y había decidido que quería pasar un verano allí, con mi abuela, ya viuda. En vez de ir directamente a Santa Fe, como en otras ocasiones, nos quedamos tres semanas en Buenos Aires. No sé, o quizá no recuerde muy bien, qué quería hacer yo allí, solo que, por aquel entonces, mi mejor amiga del instituto, Violeta, también se hallaba en Buenos Aires. Su padre era un uruguayo exiliado, casado en segundas nupcias con una porteña, la madrastra de Violeta, así que ahí estábamos las dos: un par de adolescentes bajo una laxa vigilancia familiar. Recuerdo ir a buscar a Violeta a su casa, en la calle Báez, y un día, de repente, darme de bruces con Nicolás. Era alto, escuálido, de piel blanca, pelo y ojos negros, y se acababa de despertar de la siesta. Estaba tirado en un sofá, encogido sobre sí mismo, y cuando finalmente se desperezó y se levantó, era como ver desplegarse a un junco que no terminara nunca. Era el chico más alto y flaco que había visto en mi vida, con la voz más grave del mundo. Me sonrió y me enamoré. Así de sencillo.

Durante el mes siguiente, Nico, sus amigos, Violeta y yo nos hicimos inseparables: por primera vez, yo tenía una pandilla de vacaciones, a trece mil kilómetros de mi residencia habitual. Nos pasábamos a recoger los unos a los otros por las casas, salíamos hasta altas horas de la madrugada, escuchábamos música y, básicamente, hacíamos todo cuanto hacen los adolescentes. Nuestro cuartel se encontraba en casa de uno de los amigos de Nicolás, Jerónimo, en la avenida Juan B. Justo, una calle larga y bastante fea que había junto a la vía del tren.

De mis recuerdos desordenados de ese viaje: un amanecer imposiblemente bello en el río marrón, junto a la terminal del ferry, la música de Charlie García y Sumo, el olor a porros en casa de Nicolás. Recuerdo padecer un ataque de risa en casa de una pija insoportable en Belgrano, un edificio de tres plantas, con jardín y perros policía. No sé muy bien qué hacíamos ahí; fue idea de Nicolás, para variar, porque era muy popular y simpático, y siempre hacía planes. Otra vez el río, tras una noche sin dormir, fumando porros, otro amanecer eterno. O aquel día en que Bruno me enseñó un tatuaje que tenía en el hombro porque se lo había ordenado la hermana de Jerónimo; estaba tan enamorado de ella que hacía cuanto le pedía. Todavía hoy me acuerdo perfectamente de la hermana de Jerónimo: de tan hermosa, hacía daño; vestía con pantalones ajustados de leopardo, se pintaba los labios de rojo e ignoraba a los chicos, absolutamente a todos. Ese verano estuvimos todo el tiempo al aire libre, apenas dormíamos y comíamos, y una noche fuimos a una discoteca que había en la misma calle Juan B. Justo; en realidad, un pasillo oscuro donde sonaba una canción en la que alguien voceaba: «Acariciando lo áspero», y un amigo de Bruno me metió una pastilla en la boca y no dejaba de hablar, mirándome fijamente a los ojos, y Nicolás lo vio desde el otro lado de la habitación, vino hacia mí, me tomó de la mano y me dijo: «Voy a comerme tu dolor y no te voy a dejar nunca», y luego me besó.

Como frase —convengámoslo— resultaba perfecta. No fue hasta mucho más tarde que me enteré de que se trataba de parte de la letra de una canción de Los Redondos. Entonces todo era así, las cosas no tenían continuidad ni ironía, ni segundas lecturas, y al día siguiente yo volvía a ser yo, todo había pasado y tenía que regresar a Barcelona. Lloré como nunca antes había llorado y llegué a mi casa tras ese verano con otra pinta y la sensación de que ya era adulta.

Durante un año le escribí cartas a Nicolás, que muy de vez en cuando contestaba. No me importó lo más mínimo; no le escribía para que me respondiera. Aun así, ahí empezó algo que no terminó hasta mucho después. Yo añoraba mi verano dorado, lo recordaba a diario y me encerraba en mi cuarto a rememorarlo. Ponía las canciones de aquella temporada e imaginaba que estaba allí, mientras escribía cartas y cartas a todos ellos, aunque solamente me contestaba Jerónimo, el chico de la avenida Juan B. Justo, unas misivas largas, repletas de sentimiento y nostalgia, de dolor adolescente.

Cuando volví al año siguiente, Bruno, Jerónimo y Nicolás no se hablaban. Nicolás se había enamorado de una chica que se llamaba Tamara y era cocainómana.

Ahí debería de haber aprendido que la nostalgia, cuando es heredada, es falsa y no sirve para nada. Pero todavía me costó un poco más.

Las historias de Julia, María y Lucía difieren de la mía en algo, pero todas se parecen de algún modo. Como estábamos bastante bien de la cabeza, o eso quiero pensar, nos enamoramos de argentinos sin llegar nunca al extremo de otras: ninguna de nosotras se casó con un porteño y se fue a vivir a su ciudad, emprendiendo un viaje fantasma de vuelta. Otras sí lo hicieron. Florencia, Nurit, Paulina..., son historias de retornadas adultas que conozco porque tienen un aura de leyenda. Aún hoy, paseo por sus fotos en Facebook. Miro las fotografías de Florencia, con su pelo alisado, el bronceado del verano en Mar de Plata, la sombra de ojos metálica, sus dos hijos y la felicidad cotidiana. «Todas ellas hablan con acento español en casa», me dice Julia, y nos echamos a reír. Y ponemos los ojos en blanco.

Ahora, en Juan B. Justo, cerca de la vía del tren, me acuerdo de Nicolás y de Jerónimo. Saco fotos de la calle con mi móvil para poder mirarlas luego y veo que tengo tres llamadas perdidas de Cecilia. Hablo con ella y le cuento exactamente dónde estoy. «Salí de ahí, tarada. Esa zona de Juan B. Justo es muy peligrosa; en cualquier momento te asaltan.» Me doy cuenta de que estoy sola en medio de la calle, junto a la vía del tren, y que, como en las películas, ruedan por el suelo hojas sueltas de periódicos viejos. Me acuerdo de la canción de Héctor Lavoe, «Tu amor es un periódico de ayer», y me hago cargo de que aquí no voy a comprar ningún abrigo de pieles. Además, tengo resaca de champán dulce.

139

## ACTO II, ESCENA II : COMO UN PRÍNCIPE

*En el escenario, al fondo, un tapiz provenzal del siglo XIV, con un unicornio y la flor de lis, Simón, sudoroso, está sentado en un trono de oro, flanqueado a derecha e izquierda por Jorge, Chiquita, Clelia y Carmen, como si se tratara de un ejército. Jorge y Simón tienen unos cuarenta años de edad. Carmen viste un traje de chaqueta rojo con hombreras, lleva el pelo rubio peinado en una melena por debajo de las orejas. Alrededor, una serie de muebles y cómodas del siglo XVIII.*

*La decoración ha pasado a ser de un rosa pálido, y hay una fuente de la que mana el agua mientras suena un arpa, que deja paso a una canción estridente y alegre. Es «La felicidad» en la voz de Palito Ortega.*

LUCÍA: Argentina sale de la dictadura militar convertida en otro país. La sociedad civil se ha quebrado, la nación está deshecha; la economía, patas arriba, y, por encima de todas las cosas, hay más de treinta mil cadáveres, la mayoría en paradero desconocido, a manos de la Junta Militar. Argentina ha arrasado en el Mundial de fútbol, la comedia de costumbres invade la televisión y las vedettes del cine enseñan muslo y pechuga. Tras largos años de horror, con el desastroso papel de los militares en la guerra de las Malvinas, el país experimenta su propia Transición, que desemboca en las elecciones democráticas de 1983.

JORGE: A partir de cierto momento, a principios de los ochenta, decidimos viajar a Europa. Primero para ver las colecciones e inspirarnos porque a la Argentina llegaba todo tarde, y después para importar. Una vez afianzada una clientela selecta, nos dimos cuenta de que era más inteligente traer cosas del exterior y venderlas en la boutique. Simón seguía mandando confeccionar algunas prendas especiales en los talleres, pero decidimos apostar por un modelo mixto, compuesto de ropa extranjera, objetos de lujo y algo de confección propia. De hecho, eso cuadraba mucho más con su carácter.

CHIQUITA: En realidad, Simón no podía partir de cero, nunca supo hacerlo. Por eso siempre le resultó mejor modificar sobre lo ya confeccionado. Siempre se supo rodear de gente que le ayudara, buscar a gente buena en lo suyo: fueran costureras, decoradoras como Clelia, tipos armándole los escaparates y tratando con las clientas, como yo, o responsables como Jorge en todo lo demás, especialmente en la infraestructura económica.

CLELIA: Había mucha gente con un enorme poder adquisitivo, que en esos tiempos no viajaba tanto, y al encontrar cosas maravillosas dentro de ese ambiente, el negocio era puro éxito. Simón supo dar con el momento justo. Fue como en el cuento aquel. ¿Lo conocés? La historia esa en la que hay tres hombres y uno va y dice: «Ahí viene el tren», el otro se sube al convoy

141

y el tercero comenta: «Ya pasó el tren». Simón se subió. El primer viaje a Europa lo hizo Simón solo. Jorge quedó acá, encargándose del negocio...

CHIQUITA (*interrumpe*): Simón nunca pudo estar solo. Nunca hizo solo los viajes, siempre iba con alguien. Ahí fue cuando empezó a traer cosas de mucho mayor nivel. Los tres primeros viajes los hizo conmigo; uno con Carmen Yazalde, y otro con una amiga que tenía boutiques en la avenida Alvear. Porque Simón no sabe estar solo, nunca quería ir solo a ninguna parte. A Jorge, si le das un libro, ya está bien, ya está contento. Simón no podía parar.

CARMEN (*se adelanta felinamente, con orgullo*): Yo fui la única modelo que viajó con Simón. Íbamos a París, a Milán, descansábamos un poco en Positano y seguíamos. Suena divertido, pero se trataba de trabajo. Había que levantarse muy temprano para ir a los centros de producción, que estaban a las afueras de las ciudades. Empezábamos a las ocho de la mañana y llegábamos a casa a las diez, las once o las doce de la noche. Cuando empezó a traer complementos, para mostrar a las clientas qué iba con cada cosa, se volvían locas. Las había que hasta les compraban los arreglos de flores importadas. De todo: libros, cuadros..., cuanto tuvieran en exhibición lo querían comprar. Tés importados, perfumes, lo que fuera lo compraban.

JORGE (*titubea, preso de la culpa*): Aunque teníamos trabajo, éramos unos irresponsables. Empezamos yendo tres semanas, que acabaron siendo siete u ocho. Nadie en el negocio de la moda hacía eso. Simón siempre tuvo la teoría de que todo el mundo nos iba a esperar y yo me angustiaba mucho. Porque pasaban los días y tenía miedo de que otros fabricantes de ropa nos qui-

142

taran los clientes. Buenos Aires era una comunidad muy pequeña para ese tipo de clientela. Y Simón decía...

SIMÓN (*desde su trono, con gesto imperativo*): No, a nosotros nos van a esperar porque nosotros traemos la mejor ropa.

JORGE (*se adelanta, desesperado*): Y a mí me entraba la angustia bancaria. Si las presentaciones son a mitad de septiembre, no puede ser que nosotros no estemos. Y Simón decía...

SIMÓN (*insistente*): ¿Y qué? Venderán la basura que ellos compraron, pero no importa. Yo llevo lo mejor, la gente me esperará, y vuelvo como un príncipe.

JORGE: Y lloraban por que volviéramos. Como un príncipe. Fue en ese momento cuando empezamos a hacer desfiles dentro de la boutique. Ya habíamos organizado algunos antes, a finales de los años setenta, pero eso fueron cosas menores. En principio, iba destinado únicamente a clientas especiales, como se hacía en los talleres de Dior o de Balenciaga, pero en cuanto empezó a correr la voz, querían venir todas. La primera modelo que tuvimos fue una vecina, Susana, que para colmo...

SIMÓN: Era baja.

JORGE: Sí, era baja. Y al comienzo la martirizábamos porque una sola modelo debía pasar ciento veinte prendas, y eso lo hacía interminable. Además, nunca organizamos desfiles cortos, de esos de veinte minutos. Luego, comenzamos a necesitar a dos y tres chicas. Simón las formaba, pues no teníamos dinero para contratar a modelos profesionales, hasta que María Teresa Bautista, que era muy bella, se incorporó. Tenía un problema, le dolían los pies, así que íbamos

143

parando los desfiles para masajearle las extremidades. Después llegó Virginia. ¡Qué hermosa era...! Un poco canalla...

SIMÓN: Se llevaba todo por delante.

JORGE: Básicamente, se fue llevando varios objetos, hasta que se llevó al marido de la dueña de diversas boutiques muy prestigiosas. Eso fue lo más catastrófico. De la rabia que le entró a la señora, nos copió toda la boutique. Entera. Pero Simón siempre tuvo muy claro lo que le gustaba y lo que no. Si no le gustabas, era terrorífico, sin piedad. Teresa Calandra, la presentadora de televisión, tendría entonces unos veinte años. Ahora está en todas las portadas de las revistas, como las que tienen ustedes; ella sería una del *¡Hola!*, una *holeña*. Cuando era muy joven, estuvo viniendo durante tres años para que Simón hiciera con ella lo que quisiera como modelo, para que fuera su mentor... Y él repetía...

SIMÓN (*con desdén*): No me gustás y no sos para mí.

JORGE: Y a lo mejor se encandilaba con otra que no era ni tan profesional ni tan buena, y le encantaba y la mimaba porque era de su estilo. Así que a partir de los ochenta organizamos unos desfiles con las mejores modelos, chicas que después fueron maniquíes importantísimas.

LUCÍA: Hay multitud de fotos de esos desfiles, cuando Jorge y Simón contaban con las mejores modelos del país. Bellas y altivas, eran las predecesoras de las top models que llegarían en la siguiente década. Todas las modelos seleccionadas por Simón resultaban finas y delicadas, completamente contrarias al gusto latinoamericano por la exuberancia sexual.

CARMEN: Yo los conocí cuando hacía menos de un año que

144

vivía en Argentina, y teníamos una amiga común que, a veces, les hacía de modelo. Simón aún no organizaba los desfiles al nivel que luego alcanzó. Nos vimos y le encanté, y me propuso trabajar para ellos de modelo, todavía no tan profesional como sería después. Yo les presenté a otras chicas: a Laura Ocampo, Ethel Brero, Andrea Frigerio... Esas fueron modelos que yo les presenté porque nos conocíamos todas y yo sabía que eran profesionales que daban la talla para su nivel de refinamiento, que no había visto jamás. Yo no había visto una casa como esa en mi vida.

CLELIA: Cuando adquirieron un estatus importante, decidieron emprender una nueva reforma que fue espectacular. Les llevó un paso más allá y fue algo que no se había visto antes en la Argentina.

JORGE: Simón siempre me decía: «No tengas miedo en gastar, esto te va a traer el doble». La primera vez lo miré asustado; la segunda, ya estaba entregado, y la tercera supuso un desastre total porque se gastó, en esa época, cien mil dólares. Tiró todo abajo: paredes, columnas... y añadió de todo: metros de cortinas de seda rosa con espejos, mármoles... Era una puesta en escena muy importante, pero tuvo razón: atrajo cinco veces más de lo que teníamos.

CHIQUITA: Simón fue siempre un esteta, un gran esteta. Para mi gusto, en algunas cosas, en las decoraciones, por ejemplo, demasiado recargado, sobre todo al final. Cuando tuvo lugar el primer arreglo de La Colorada, Simón era mucho más quieto, más tranquilo; después, a raíz del segundo, ya fue demasiado rococó. Ahí yo creo que comenzó a delirar, lo digo en serio. La boutique estaba demasiado recargada, y él hacía cosas muy locas.

CLELIA: Trabajábamos en paralelo y nos alimentábamos el uno al otro. Pero lo cierto es que hubo un momento, en medio de esas circunstancias, en que podríamos haber hecho cualquier cosa. El ejemplo perfecto fue el caso de Mirtha Legrand, quizá la mujer más conocida del país.

ENTREACTO

LUCÍA: En casa de mi abuela era como una religión. *Almorzando con Mirtha Legrand* estaba en antena todos los mediodías del mundo. Cuando iba a visitar a mi abuela viuda, me parecía el programa más estrambótico e interesante, incluso ya desde muy niña. Para empezar, debido a la posibilidad de ver televisión al mediodía, lo que me estaba vetado. Y después, por todo lo demás. Como casi todas las mujeres que han fascinado de verdad a los argentinos, es rubia. Rubísima. De ojos color turquesa y sonrisa imposiblemente blanca. *Almorzando con Mirtha Legrand* es el programa de televisión más longevo del país y también uno de los más exitosos en toda la historia audiovisual de Argentina. Mirtha Legrand no es una presentadora al uso. Mirtha Legrand es Argentina, o al menos una parte muy significativa de ella. El planteamiento es sencillo: desde finales de los años sesenta, la actriz retirada Mirtha Legrand organiza todos los días –cada semana desde 2013– un almuerzo con personalidades de la farándula, políticos y demás gente con caché. Las reglas son claras. Hay cámaras en un plató que semeja una casa ilustre, con arañas de cristal, manteles de lino y mucamas de uniforme francés a las que ella se dirige con autoridad. Mientras tanto, los invitados intentan responder a las preguntas de la refinada Mirtha, a la vez que mastican. No es fácil, casi nunca logran hacerlo con el estilo y la dignidad necesaria, pero ella sí, lo cual ofrece al televidente un reflejo de lo que debería ser ir a comer a casa de la tía más rica de la familia. En el imaginario colectivo, el arte de Mirtha consiste en mostrar en un plató unas reglas de comportamiento social que se han perdido a lo largo de los años. Y ella lo ha logrado durante años, mientras examina a los invitados, que acuden con su mejor camisa y los zapatos lustrados. A lo largo de más de dos horas, Mirtha dirige y discute como una gran señora. Una gran señora facha —conocidos son sus rifirrafes con todos los representantes de la izquierda, las Madres de Plaza de Mayo y, básicamente, todo aquel que no comulgue con su concepción de cuanto resulta adecuado—. Lo que comenzó siendo un programa típico de finales de los años sesenta, para que las amas de casa contemplaran y —por extensión— vivieran un mundo de lujo y evasión, se acabó convirtiendo en un fenómeno de masas, en parte por su innegable carisma y enormes dotes como presentadora y entrevistadora. Ministros de Economía, actores internacionales y presidentes del gobierno se sientan a la mesa de Mirtha para que ella les plantee preguntas a veces pertinentes, otras innecesarias y, en ocasiones, meros dardos envenenados. Entre otras, destacan comentarios del tipo: «Dígame, ¿usted es narcotraficante?» al expresidente Eduardo Duhalde, cuando todavía era gobernador de la provincia de Buenos Aires, o «¿Quién le hizo la carita?» a la abogada Fernanda Herrera para saber más sobre sus cirugías estéticas.

Pero Mirtha nos fascina a todos, ya sea porque es

anticuada, diva o tiránica. Su programa, *Almorzando con Mirtha Legrand* –medio siglo presentado por la misma persona–, es tan longevo como ella misma. Tiene el récord Guinness por ser la presentadora en activo más anciana del mundo –setenta y seis años en pantalla–. Aparece siempre bajando las escaleras de esa casaplató, una especie de tarta de nata rococó, mientras anuncia de qué va vestida, de pies a cabeza. No descuida ningún detalle: zapatos, medias, vestido, joyas, reloj, peinado y maquillaje. Mirtha es como una mujer anuncio, una mujer biónica de color platino. En mi recuerdo, además, está su insistencia en formular casi siempre la misma pregunta a todo menor de cuarenta años: «¿Vos probaste la droga?», a lo que los invitados responden con su cara más seria con un invariable «no», muchas veces risible. El programa de Mirtha Legrand resulta tan cercano y familiar para un argentino como oír batir los huevos de la tortilla en una cocina española. Y, a la vez, sumamente remoto.

*Prosigue la escena. Al fondo, un televisor donde se puede ver* Almorzando con Mirtha Legrand, *junto a unos arreglos florales con rosas grandes de color carmesí. Todos contemplan fascinados el aparato.*

JORGE: Mirtha Legrand vino cinco o seis veces a ver los desfiles porque le gustaban mucho. La mujer más conocida de la Argentina. Eso te lo puede decir Carmen Yazalde (*señalando a Carmen, que asiente, orgullosa*). Siempre vino sin invitación. Ella. La gente se muere por que aparezca en un acto y vino porque se enteraba, supongo que por Carmen, y siempre sola. Esto era a finales de los años ochenta, hasta principios de los noventa. Estamos hablando de alguien a quien se pegaban todos los modistos en cuanto aprendían a coser, alguien a quien la gente pagaría para que acudiera a un sitio. Nosotros en eso no entrábamos, como mucho le regalamos algún perfume, nada más.

CLELIA: Nos gustaba tanto lo que hacíamos que, en ese momento, no lo pensamos en realidad. En cuanto supo que yo había hecho la decoración, Mirtha se me acercó para darme su teléfono y me pidió que la llamara. Yo podría haber aprovechado una oportunidad así y haberme cubierto de oro. No me ha ido mal, no quiero que nadie se confunda, pero en aquel entonces éramos muy jóvenes y lo que queríamos era disfrutar. Nunca la llamé.

JORGE: Hay una historia que conoce poca gente. En un momento dado, en pleno auge del negocio, importábamos arreglos florales de Europa, eran unos arreglos bellísimos. Sobre todo, rosas. Unas rosas como puños, rojas, enormes...

*Entra Zulemita Menem, la hija del Carlos Menem, vestida de chándal blanco y tacones, mascando chicle, observándolo todo, con cara de aburrimiento. Le acompaña una chica con el pelo planchado, también en chándal y tacones.*

JORGE (*sigue, mirando a Zulemita. Simón, imperturbable, permanece en su trono*): Un día llegó Zulemita Menem, la hija del presidente. No nos olvidemos de lo que era Menem en ese momento: a finales de los ochenta, principios de los noventa. Su familia formaba un clan y el círculo próximo, una corte. Bueno, pues aparece Zulemita en La Colorada en pleno auge del menemismo en busca de unas flores para el bautizo de su sobrina.

149

Evidentemente, cuando se enteró del precio, quiso regatear. Claro, eran unos arreglos carísimos.

ZULEMITA (*a Simón*): Me parece muy caro. Te doy doscientos dólares.

SIMÓN (*la mira de arriba abajo, con asco*): ¿Doscientos dólares? *M'hijita*, acá en la esquina hay un quiosco de flores, comprate diez ramos.

*Zulemita y la amiga, ofendidas, se marchan por un lado del escenario. Simón sonríe, orgulloso.*

CLELIA (*dirigiéndose al público*): Simón tenía un carácter muy jodido porque estaba acostumbrado al mando. Tenía el empuje y la capacidad, pero al rodearse de gente que también era muy capaz, resultaba problemático. Sabía relacionarse bien para lo que él quería hacer, aunque siempre deseaba estar por encima. Y eso lo podés hacer con un asalariado, pero no con un colaborador, ni tampoco atribuirte todo el mérito. Y él pecaba de eso, de hacer creer que lo hacía todo solo. Pasaba conmigo, pero también con el asunto de la elección de la ropa, con otra gente.

JORGE: Podía mostrarse muy malencarado, muy exigente, pero lo sacaba todo adelante. A veces es necesario no tener contradicciones para poder triunfar. Y Simón no las tenía.

*Fin de la escena y del segundo acto.*

# EL TAXI

Me estalla la cabeza. Reorganizo las cintas, reviso una por una las entrevistas. Salgo a la calle del café en el que estoy metida, en donde siempre me cita Jorge. Todas esas mujeres desfilan ante mis ojos de nuevo; se mezclan Clelia-Mrs. Robinson, Chiquita, Carmen... y otras, junto a más testimonios que he decidido nombrar como Clienta 1 o Clienta 2, para no saturar la historia de tantas mujeres con anécdotas sobre un vestido. Está, por ejemplo, aquella clienta que sufría enanismo, la Clienta 3, con la que quedé delante del teatro Colón y que llegó hasta mí, renqueante, de apenas un metro de altura. Con lágrimas en los ojos me contó cómo Simón le trajo un vestido rojo de París, sin necesidad de tomarle las medidas, y le cambió la vida. También aquella otra mujer con quien me entrevisté en su despacho, una notaría grande y gris en la avenida 9 de Julio, una amiga de Jorge que en realidad ya no lo es, la cual le ayudó en su momento a comprar las casas. Guardaba tanto resentimiento en su interior que es imposible que todo lo que me contó sea mentira. Todas esas mujeres desfilan hasta formar un caleidoscopio de voces nerviosas, excitadas, demandantes, con sus confesiones y quejas.

Avanzo por Recoleta y comienza a anochecer. Se me ocurre que lo mejor sea tal vez ir andando hasta el restaurante Hermann, donde cena mi tío los miércoles, y contarle mis dudas sobre el relato. ¿Qué tengo en realidad? A dos tipos con una casa de muñecas y a una actriz de serie B. Palpo mi bolso, en el que guardo todas las fotos de los desfiles de Jorge y Simón, junto a unas copias inéditas de Carmen Yazalde de la época de Jess Franco. «No puedo perder nada», pienso. «Debo anotarlo todo», vuelvo a decirme. Empiezo a darme cuenta de dónde sale la obsesión de Simón por acumular cosas: nada ha de perderse para alcanzar la inmortalidad. El trabajo es lo que nos aleja de la muerte. De la misma manera, he caído en su trampa. Nada puede dejarse de lado, todo es importante para hacer historia. ¿*Baúles mágicos*? ¿*Casas que hablan*? Puros delirios.

Camino sin descanso hasta que pierdo la noción del tiempo. Decido tomar un colectivo que va por avenida Libertador y, desde allí, andar hasta plaza Italia. La mañana con Carmen vuelve a mi cabeza. Parece que me la haya inventado. El té verde, el champán con Chiquita y Clelia, todo se mezcla como en un remolino y me marea. Y de repente: el río, los muertos. Recuerdo un poema que me recitaba mi padre cuando era pequeña, un poema de Juan L. Ortiz: «... que baja, de qué cielo / hacia el gran río, hacia el gran río perdido».

El colectivo avanza junto al río y de repente aparece un bosque delante de mí. No tengo ni idea de dónde estoy, y ya es noche cerrada. Me bajo del colectivo a toda prisa e inmediatamente me doy cuenta de que he cometido un error. En medio del bosque no hay nada, salvo la carretera. El silencio en Buenos Aires me parece imposible y, sin embargo, ahí estoy. De pronto, cruzando por lo que yo pensaba que era la avenida Libertador, pasa un taxi zumbando y lo paro. Ya de pequeña me habían advertido de que no parara taxis de desconocidos jamás, era una obsesión de mi abuela y de todos los familiares en cuanto llegábamos a Buenos Aires. Nos relataban siempre historias atroces sobre secuestros, violaciones y muerte.

–¿Qué hacés acá parada, nena? ¿No sabés que es peligroso? –me dice, paternal, el taxista. Es un señor moreno, de unos cincuenta años, con poco aspecto de querer asaltarme y dejarme tirada en medio de la ruta. Cuando subo, oigo al locutor de la radio deportiva que va chillando un partido de fútbol, en una descripción más propia de una letanía.

«Avanza Prediger por la banda...»

–¿Dónde estamos?

–Vos no sos de acá. ¿Sos española?

«Continúa Prediger, seguido por Fuertes...»

–Sí.

–Estás cerca de Parque Norte. De día está todo bien, pero de noche, sola, ¿qué hacés acá? ¿Te perdiste?

«Los máximos goleadores de Colón, vamos Colón, viejo y peludo nomás...»

–Sí.

–Bueno, tenés suerte de que pasé yo. Che, decime una cosita..., vos que sos española..., ¿cómo nos ven a los argentinos, con todo el quilombo que hay acá?

–La verdad, no sé qué decirle. A nosotros tampoco nos va tan bien.

–Cierto.

«GOOOOOOOOOOOOOOOOOOOOOOOOOOOOOOOL, GOOOOOOOOOOOOOOOOOOOOOOOOOOOOOOOO OOOOOOOOOOOOOOL DE COLÓN, VAMOS COLÓN, IMPARAAAAAAAAAAAAAAAABLE, LOS SABALEROS ESTA TEMPORADA, VAMOS COLÓOOOOOOOOOOOOOOON.»

153

El taxi avanza veloz y, milagrosamente, tras unos minutos, volvemos a algo que me suena: la avenida Figueroa Alcorta, otra vez en la zona de lujo.

—¿Sabés qué pienso? —reanuda su charla el taxista—. En ocasiones, pienso que todo esto es solamente un escenario y que detrás hay alguien muy importante manejando los hilos y tomándonos el pelo a todos.

Miro la licencia: *Manuel Gómez*. Lo compruebo dos veces, paranoica. La referencia al escenario me parece demasiado para tratarse de una casualidad. Empiezo a preguntarme si estará compinchado con Jorge, y en ese preciso momento me doy cuenta de que necesito, urgentemente, volver a casa.

# ACTO III, ESCENA I: LOS COLCHONES EN EL PISO

La moda es siempre un paso en el vacío.

ASUNTA FERNÁNDEZ (diseñadora)

*Jorge y Simón, vestidos de gris, se hallan en un escenario completamente vacío y oscuro. Al fondo hay un biombo y detrás, junto a un colchón tirado en el suelo, están Chiquita, Teté, Clelia y Carmen. Simón parece nervioso.*

TETÉ: Simón se formó intelectualmente con Jorge, que leía y lee como un descosido, pero lo que tenía él era algo innato, estéticamente resultaba espectacular. Se educó gracias a Jorge y su entorno, mostrándose siempre muy curioso; cuando no sabía algo, lo preguntaba e indagaba. Y era increíblemente trabajador.

CHIQUITA: Lo que hicimos nunca fue un juego. Era *trabajo*. Y no resultaba nada fácil. Yo tenía mucho gusto para la ropa y le ayudé siempre. La que estaba planchando ropa y sombreros hasta las cinco de la mañana era yo. Solo, no. Eso no lo puede levantar uno solo. Estuvieron Clelia, las modistas... Simón tenía un gran sentido comercial. Muy loco, es cierto. Y lo hizo todo por el comercio. Trabajábamos sin horario, nos forzaba hasta el límite para crear lo que él consideraba un sueño, un punto más, un día más. Y era increíblemen-

155

te perfeccionista, hasta el extremo de caer enfermo. Obsesivo es una palabra que se queda corta.

CLELIA (*orgullosa*): Simón recreaba. Amalgamaba, fue el primer estilista del cuerpo.

CHIQUITA (*interrumpe*): Pero nunca pudo crear de la nada. Necesitaba trabajar sobre algo ya hecho. Por eso le fue tan bien cuando las talleristas hacían modelos que él modificaba. Si no, se angustiaba.

TETÉ: Simón era maniático. Bueno, más que maniático. Los armarios eran su obsesión, todo tenía su lugar. Él sabía si alguien había tocado algo porque un frasco aparecía movido un milímetro; daba miedo. Tenía memoria fotográfica. Otra cosa que hacía era plancharlo todo mil veces, incluso cuando no estaba en su casa: sábanas, cortinas, lo que fuera.

CARMEN: Simón, ahora lo ves y está muy distinto, pero era una persona con un carácter fortísimo. Era tan prolijo que no dejaba que una clienta tocara la ropa. Decía: «No, yo te la muestro». Y, en realidad, se debía a que no podía soportar que el otro le desarreglara una percha. Era un obsesivo total. Resulta muy común en la profesión; de todas maneras, no sé si a los niveles a los que él llegaba; no debe de ser bueno para la salud... Si alguien había tocado uno de sus ramos de flores importados, él lo sabía. Claro, eso a una clienta que va a comprar, a invertir en un equipo que a lo mejor le cuesta mil dólares... le chocaba un poquito. Su parte maniática de la perfección, que ahora llamarían «trastorno obsesivo», en algunas boutiques le perdía. Porque en Europa, por la cosa visual y demás, tienes que entrarle a la gente, pero una vez, en Roma, casi nos matan porque se puso a reorganizar los jerséis.

JORGE: Yo recuerdo como si fuera hoy una vez que teníamos que salir de viaje a Europa y a Nueva York, con todos los traslados organizados al milímetro, y él se negó. Me dijo que no podía ir porque tenía que volver a ordenar los armarios.

CHIQUITA (*enfadada*): Simón nunca perdió un avión para quedarse a ordenar armarios. Eso es una estupidez que se inventó él porque no quería viajar. Siempre fue muy consciente de lo que se jugaba. Lo que pasa es que a veces no quería viajar y echaba mano de esas cosas, de su personaje.

TETÉ: Es muy curioso, pero todo cuanto Simón hizo, todo lo que compuso con Jorge, nunca fue para ellos. Simón, que de chico era muy lindo y de joven también, siempre iba de uniforme. No se mostró nada coqueto para eso. En verano, con un saco, como una casaca que se mandaba hacer, de colores azul, gris y negro. Y tenía tres para el verano y tres más para el invierno. Porque siempre ponía el aire acondicionado al máximo, en La Colorada te morías de frío. Tenía un sentido del esfuerzo y del trabajo del que la clienta nunca era consciente.

JORGE: Las casas, el negocio, se establecieron siempre como un juego de espejos completamente novedoso para aquel entonces en Argentina. La clienta entraba en una tienda que no tenía cartel, lo cual la convertía en algo secreto y exclusivo, y se encontraba de pronto en una casa. No era una casa al uso; en realidad, era una tienda-palacio, pero el trato resultaba familiar y se sustentaba en esa confusión.

CHIQUITA: Y ellos vivían en el piso de arriba, donde nunca entraba nadie y donde todo era austero.

TETÉ: Durante años, pese a organizar y vivir para ese pala-

157

cio, Jorge y Simón durmieron sobre colchones en el piso. Mientras tanto, arreglaban un tríplex en la avenida República de la India, una zona exclusiva y elegante, sobre los jardines del Zoológico, para que fuera su casa.

JORGE: En un principio compramos un departamento, que después fue un tríplex, en Republica de la India para ir a vivir, arreglarlo y tener la boutique aparte. Porque siempre se nos acababa mezclando la casa con la trastienda. Al final, se la alquilé a un diplomático árabe.

CLELIA: La tienda fue revolucionaria en la Argentina porque, aunque la hicimos con criterio de boutique, los detalles eran los propios de una casa. La cocina estaba armada como una cocina, pero nadie cocinaba. Eso creaba una cierta confusión en la clienta que era buena para el negocio. Lo mismo con los baños; todo llamaba la atención; eso no se había visto antes. Parecía una casa, desde afuera era una casa, pero no funcionaba como tal. Las clientas se sentían como si lo fuera, aunque en realidad era una puesta en escena. Fuimos los primeros en hacer eso.

TETÉ: Los tres departamentos de República de la India eran unos departamentos como no los ha habido en Buenos Aires, y estaban vacíos. En la planta catorce, donde vivían, la vista frente al Zoológico era espectacular; apenas tenían una mesa de jardín y unos sillones blancos de plástico, nada más. Para Simón, todo era la boutique, Jorge sí quería arreglar cosas, pero en los delirios de Simón hubiera sido una tarea imposible porque de eso se encargaba él, y los arreglos que él quería eran los del sultán de Dubái, poco más o menos. Ellos, al principio, vivían en el 10, donde había habitaciones completas, enteras, llenas de ropa que Simón traía, y estaban cerradas con llave. Y dormían tirados sobre colchones en el piso del comedor, ante una televisión enorme. En cambio, en la boutique no podía haber ni una manchita ni una mota de polvo sin que Simón se diera cuenta. Todo era pura escenografía. Después compraron el primer piso de La Colorada y también lo arregló hermoso, pero en el fondo fue así porque lo tenían que mostrar.

JORGE: No nos importaba. Seguimos viviendo de la misma manera, aún hoy en día. En el fondo, siempre fuimos muy austeros, nunca nos juntamos con gente de la farándula ni tuvimos grandes excesos; lo que nos importaba era el trabajo y nuestra burbuja. Y en nuestra burbuja no entraba nadie. Nuestro espacio privado no fue invadido jamás.

CARMEN: Yo les conozco desde hace tantos años y jamás he visto la casa donde viven ahora...

TETÉ: Yo tampoco.

*Fin de la escena.*

Entre lujos y trastiendas, siento que el relato se me va de las manos. Me obsesiono más y más por el detalle. Transcribo cintas por las tardes, reviso notas y entrevisto por las mañanas, localizo a la gente para realizar nuevas entrevistas por las noches. Una mañana, tras el décimo encuentro con Jorge, me meto en un locutorio de la avenida Pueyrredón.

–¿Mamá?

–Lula, querida, ¿cómo estás?

La voz de mi madre suena dulce y cálida en la distancia. «Estoy muy lejos», me digo. Estoy demasiado lejos de casa. Pienso en mi madre hablando con su propia madre a mi edad, a trece mil kilómetros de distancia, cómo lo harían y cada cuánto. Se me encoge el corazón. Estar aquí me encoge el corazón cada vez más a menudo.

–¿Sabías que nadie había entrado nunca en la casa de Las Heras, salvo yo? Bueno, yo y la hermana de Jorge. –Hago una pausa–. ¿Tú crees que eso es importante?

–¡Imagino que sí, claro! –El tono es entusiasta, quiere darme ánimos–. ¿Fuiste a Santa Fe? ¿Viste a alguien?

–Apenas pasé, pero acabo de conocer a una modelo que fue actriz, te tiene que sonar. Carmen Yazalde.

–No, pero igual tu papá sí sabe.

–Decile que fue la mujer del Chirola Yazalde. –Desde que estoy aquí, mis argentinismos, que se reducían únicamente al ámbito casero, se han acentuado.

–¡El Chirola! ¡Un jugadorazo! –Oigo la voz de mi padre, atrás. Sonrío y se me cae alguna que otra lágrima.

–Sí, ¿verdad? Eso dicen acá también.

–Nena, ¿estás bien? –Noto el tono preocupado de mi madre.

–Sí. Estoy pensando en que todo lo que me cuenten sea al final una representación teatral. Como si estuvieran actuando para mí.

Mi madre ríe.

–Como hacían con vos.

–¿Cómo?

–¿No te acordás? Cuando fuiste sola, de chiquita, a ver a los abuelos y tu tío te enseñó a cantar «Cuesta abajo».

–¿Cuándo fue eso?

–No sé... Creo que tenías cinco o seis años...

Me recuesto contra el auricular.


Tengo seis años, es enero y hace mucho calor. Veo las sandías, enormes y ovaladas, de un color claro, a rayas. Son muy distintas de las sandías de Barcelona. Voy con mi abuelo y mi abuela por la ruta que hay entre Santa Fe y la laguna de Guadalupe, donde nos bañamos todos los días. Estoy sentada entre ellos en el asiento delantero porque mi abuelo tiene un coche con respaldo único.

Llevo unos pantalones cortos de un material parecido a la toalla que he heredado de la vecina. Tengo el pelo húmedo porque volvemos de la laguna. Al llegar a casa, mi abuelo prepara el fuego de un asado para la comida. Pongo la mesa con mi abuela. Aquí me dejan tomar Coca-Cola cuando quiero. También puedo comer sandía siempre que me apetece.

Mi tío ha venido a verme desde Buenos Aires. Antes de comer, se sienta en el sofá y me repite un tango hasta que me lo aprendo, con unos gestos que debo copiar. Me hace prometerle que se lo representaré a mi padre tal cual, rima a rima, gesto a gesto, a mi regreso a Barcelona. Cuando practico la canción ante mis abuelos y mi tío, se ríen hasta doblarse por la mitad.

Si arrastré por este mundo
        la vergüenza de haber sido y el dolor de ya no ser.
Bajo el ala del sombrero cuantas veces, embozada,
        una lágrima asomada yo no pude contener...
Si crucé por los caminos como un paria que el destino se
        empeñó en deshacer;
si fui flojo, si fui ciego, solo quiero que hoy comprendan
        el valor que representa el coraje de querer.

Después como demasiada sandía y vomito.

# CUARTA LECCIÓN DE LA HIJA DE LOS EMIGRANTES ARGENTINOS: EL VIAJE INICIÁTICO

Es 1 de enero del 2002, años antes de conocer a Jorge y Simón. Estoy en Santa Fe y hace un calor de mil demonios. Son las dos de la mañana y estamos en casa de la Negra, una amiga de Cecilia, esperando a que se termine de arreglar para ir a una fiesta. La Negra tiene la piel muy morena, lleva el pelo largo, de color azabache, por debajo de los hombros y luce tatuajes tribales en los antebrazos. Cecilia y yo nos hemos sentado en el patio de la casa de la Negra y ella nos ha cebado unos mates, mientras dice que tiene que encontrar sus llaves, pero sigue sin levantarse de la silla ni arreglarse. Se limita a rellenar el mate con agua hirviendo cada vez que se termina y seguimos chupando de la misma pajita metálica. Al rato de estar sentadas, siento cómo pequeñas gotitas de sudor se forman en la raíz del pelo de mi nuca. Sorbo y trago el líquido amargo, sin comprender muy bien cómo pueden beber esto a cuarenta grados en plena madrugada. En unos meses, me acostumbraré y lo tomaré a todas horas.

En el intervalo entre mi estancia anterior adolescente y este momento, han transcurrido ya cinco años y muchas cosas. He ido a la universidad y he vivido en el extranjero, lo cual me ha ayudado a entender verdaderamente lo que es echar de menos una casa, unos olores y una vida cotidiana. En Inglaterra, donde he pasado los dos últimos años, he aprendido qué supone no tener sol, los equívocos del lenguaje y la sensación de ser una extranjera total en un lugar desconocido. Con el tiempo, mi sentido de pertenencia se ha vuelto ambivalente: echo de menos Barcelona pero solamente en teoría, a trechos. Echo de menos el puente de Vallcarca, hablar por teléfono con mis amigos y comer jamón, pero nada más. La vida ha adquirido la rapidez de los veinte años y el mundo es muy grande. Creo. Eso me digo a ratos. Pero no. Pese a haber incorporado a mi forma de ser la tristeza nostálgica a los dieciséis años, parece que no tuve bastante y no aprendí nada. Así que ahora, con veinte años, recién llegada de Londres, decido irme a Santa Fe. La ciudad es pequeña y lo suficientemente manejable como para poder centrarme en hacer cosas que aún no impliquen buscar un trabajo real. Mi plan es escribir artículos como freelance y trabajar de periodista-becaria en varias redacciones por temporadas, lo cual es fácil de conseguir. Buenos Aires está a seis horas en autobús. Incluso he proyectado la idea de quedarme a vivir y entrar, con suerte, de redactora en algún medio de la capital. En diciembre del 2001, justo en el momento en que Simón está sufriendo su crisis nerviosa, mientras los tanques toman la capital y comienza el estado de sitio, yo aterrizo en Santa Fe, con los ahorros suficientes para vivir durante tres meses. A los cuatro días, se produce una devaluación que me permitirá residir nueve meses más entre Santa Fe y Buenos Aires, ya esfumada cualquier perspectiva laboral seria, sin hacer otra cosa que redactar noticias sobre las manifestaciones en el Congreso y dar alguna clase de vez en cuando en la universidad.

Y aquí estoy ahora, el 1 de enero del 2002, a las dos y pico de la mañana, contemplando cómo el novio de la Negra, el Negro –claro–, arregla un ventilador cochambroso que hay en un rincón. El tiempo en Santa Fe se estira de tal manera que parece que jamás vayamos a salir de esa casa. Se ve que en los últimos años se ha puesto de moda entre la gente joven salir a partir de las dos o las tres de la mañana a los bares, nadie se atreve a aparecer antes por ningún sitio, por miedo a estar solo en el local, así que todos se limitan a ir de casa en casa, tomando mate o café, esperando a que sea la hora adecuada para llegar a algún sitio. Hay quien incluso pone el despertador para salir y duerme hasta entonces. Mientras tanto, yo pierdo los nervios.

La Negra enciende el televisor y zapea de canal en canal. Ceba otro mate. Yo vuelvo a mirar la hora: 3.40. Siento cómo las gotas de sudor corren libremente por mi espalda. Si no nos movemos pronto, voy a gritar.

–Che, Negra, qué onda si salimos.

–Tranquiiiiila, Gallega. Está todo bien, ahora vamos.

Ah, sí. Aquí soy la Gallega. En un alarde de inspiración, ese es el mote que han tardado una semana en ponerme desde que llegué. Mi nuevo nombre me define inicialmente como extranjera, pero a su vez es mi bautismo en la sociedad santafesina. Soy la Gallega y eso me concede un lugar. En poco tiempo me acostumbraré a girarme cuando oiga que gritan esa palabra por la calle y firmaré con una G las notas que deje en casa de los amigos cuando no estén –aquí nadie llama por teléfono para quedar, a nadie le resulta invasivo pasar por casa de alguien sin avisar, por lo visto.

Cecilia se apiada de mí y propone ir a por tabaco. Así que finalmente la Negra accede, nos levantamos y nos vamos. Iniciamos nuestro periplo calle abajo, en dirección al sur, en plena oscuridad. Me he dado cuenta de que Santa

Fe carece de alumbrado adecuado en muchas calles, y eso determina la vida más de lo que parece. Lo que para mí era un miedo absurdo propio de persona mayor como mi abuela, que me recomienda ir con cuidado cuando anochece, tiene más fundamento de lo que se podría creer. Cecilia y la Negra, por ejemplo, van a la facultad en el turno de mañana porque de tarde, en invierno, les da miedo volver a casa si ya es noche cerrada. «Vivir en un sitio en el que eres extranjero te despoja al principio de toda capacidad para tomar decisiones y comprender códigos», pienso mientras piso restos de farolillos por el suelo. El fin de año en Santa Fe se celebra con petardos y disparos al aire –la tasa de armas por habitante supera aquí la media nacional– y, al menos este año, con farolillos de papel iluminados con velas. El aire caliente hace que los farolillos se eleven enseguida y a media noche el cielo se llena de luces ambulantes. Es una imagen preciosa, para mí tremendamente exótica. Esta noche he contemplado los farolillos desde el balcón de casa de mi abuela. Hemos tomado sidra mi abuela, mi tío y yo, y antes de salir de casa, ya en el 2002, ella me ha advertido que tenga cuidado con las balas perdidas, un fenómeno muy común durante las fiestas. Cada año muere alguien, alcanzado erráticamente por una bala disparada al aire. Me da miedo y ternura a la vez pensar en el comentario de mi abuela. «¿Cómo se puede prevenir que te alcance una bala perdida?»

Nos dirigimos a La Llave, un bar de moda que es, en realidad, una casa semiderruida en una calle céntrica. En la semana que llevo aquí, me he dado cuenta de que en Santa Fe me presentan a dos tipos de chicos: los que estudian Ingeniería y llevan camisas planchadas y los que hacen diseño y llevan camisetas de grupos de hardcore. Estamos en un bar de la segunda categoría: los chicos calzan Martens, van tatuados de arriba abajo, beben porrones –litronas– y dejan que pase el tiempo, con desidia. Me doy cuenta de que Cecilia y la Negra ponen la misma cara que todos los jóvenes de Santa Fe: de hastío perpetuo. No sé si se trata de un aburrimiento real, pero lo parece. Hago lo que hacen ellas para no desentonar: saludamos a unos, ignoramos a otros, fumamos y bebemos. Aun así, a mí, la excitación de encontrarme en este lugar desconocido me delata. Soy simpática y sonrío a todo el mundo, y Cecilia me alerta de que quizá sonrío demasiado. Vamos a comprar tabaco y un chico nos piropea con un «ay, mamita». Yo le miro y Cecilia me susurra: «No seas zarpada». Parece ser que darse por enterada de un comentario verbal conlleva una invitación directa a algo más.

La calle huele a humo de carne quemada y a loción antimosquitos. Cecilia y la Negra se aburren en La Llave, así que nos juntamos con Calabaza y Fede, dos amigos de ellas, para ir a otro sitio. Calabaza tiene el pelo teñido de naranja, de ahí su nombre, y tatuajes del grupo de hardcore Biohazard en los gemelos de las piernas. Cruzamos Santa Fe, caminando sin muchas ganas por el bulevar Gálvez, donde están todos los bares. Santa Fe es una ciudad universitaria y ahora, a las cinco de la mañana, está tomada por veinteañeros, completamente invadida. La gente grita, borracha, y cada vez resulta más difícil cruzar las calles debido a la muchedumbre. Fede y Calabaza van sin camiseta, con apenas unos shorts tejanos y se paran en cada esquina a hablar con algún conocido. Ya me he dado cuenta de que en esta ciudad todo el mundo es alguien conocido, y las conversaciones duran largo rato. También empiezo a entender los códigos: nadie quiere realmente llegar a ningún sitio, se contentan con deambular por ahí. Entre esquina y esquina, les perdemos.

Al poco nos cruzamos con una amiga de las chicas, Lucrecia, que pasea una botella llena de ron con Coca-Cola y está a punto de entrar en un local de cumbia. Hacemos cola durante cuarenta y cinco minutos. Las chicas de la cola tienen el pelo alisado con plancha, llevan tacones y faldas ajustadas. Nosotras observamos a nuestro alrededor entre cigarrillo y trago a la botella. Empiezo a entender las miradas santafesinas en estos casos, son miradas dobles: ansiosas, buscando reconocer a alguien, pero sabiendo que estás siendo contemplada. Es algo que no solo pasa aquí, sino también en Soria, Córdoba, Baeza o La Coruña. Es la mirada de fiesta de la ciudad de provincias. Antes de entrar a bailar, nos hacen pasar por un detector de metales. Pienso en tatuarme una bala perdida si me quedo a vivir aquí. Estoy borracha.

Cinco días después, el presidente en funciones dimite y a él le suceden otros tres en dos semanas. En este viaje aprenderé a estar simplemente en un sitio por un tiempo, a hacer amigos otra vez y a echarles de menos cuando me vaya. Mi amiga Julia realizará su propia versión de este viaje poco tiempo después, a Cañada de Gómez, el pueblo de su padre, durante seis meses, para comprender cuán argentinas somos, y aprenderá a conducir un Chevrolet de los años cincuenta. María, por su parte, dejará su trabajo como editora de documentales en una multinacional en Barcelona y se instalará en Rosario, la ciudad de sus padres, mientras vive del paro por un tiempo. Y Lucía Mayor, mi tocaya, se mudará a Buenos Aires, al poco tiempo de irme yo, con su novio barcelonés y, después de estar un año entero, jurará no volver nunca más a pisar la Argentina.

Aquí finalizan las cuatro etapas de bautismo de la hija de los emigrantes argentinos.

# ACTO III, ESCENA II: EL FRASQUITO DE PERFUME

*El escenario vuelve a lucir cubierto por mármol rosado de pies a cabeza. Atrás se recorta un rascacielos, el Chrysler Building. Están Jorge, Chiquita, Simón, Clelia y Teté. Simón sigue yendo de uniforme gris. El resto viste con pantalones de pinzas y camisas, y aparecen sentados sobre tatamis. Tienen unos cincuenta años.*

JORGE: Al cabo de un tiempo, nos dimos cuenta de que los viajes a Europa nos resultaban muy rentables no solo porque Simón sabía qué traer, sino también porque, en ese juego de seducción constante con la clienta, ganábamos más que nunca. Se nos esperaba como si fuésemos los Reyes Magos de Europa.

CHIQUITA: El asunto era muy sencillo: mientras no hubo importación masiva legal, el éxito fue absoluto. En las décadas de los años setenta y ochenta, con los desfiles y los viajes continuos a Europa, fuimos los reyes.

JORGE: Era llegar Simón y todas tenían que ser las primeras. La frase que más se oía entonces era: «¿Qué me trajo para mí?», y él manejaba muy bien esos roles. Se trataba de algo relacionado con la exclusividad. Simón fue un modisto de clientas fieles durante veinte o treinta años.

CHIQUITA: Y algunas clientas resultaban imposibles. En esa casa hemos visto de todo.

JORGE: Para entender lo que pasó, hay que tener en cuenta cómo actúa esa clase de mujeres, su verdadera naturaleza, especialmente las muy ricas. Hemos tenido casos de señoras que han venido a La Colorada, pues habían oído hablar mucho de nosotros y, de repente, se encontraban ahí con su amiga íntima, por sorpresa, y casi acaban a bolsazo limpio porque la amiga le había ocultado durante años que frecuentaba la boutique.

CHIQUITA: A Simón, que podía ser muy déspota y tratar muy mal a los demás, si le caías bien, era medio brujo, te encantaba. Se sentaba contigo, te ofrecía champán y te tiraba las cartas.

JORGE (*susurrando*): Hubo clientas que se quedaron blancas del susto porque les adivinaba el futuro...

CHIQUITA (*interrumpe*): Eran tonterías, solo tonterías. En el fondo, siempre fue un actor embalado. Se metía en el papel y se terminaba creyendo sus propios trucos. Pero hasta los años noventa, todo funcionó perfectamente. Después, con los viajes, la cosa cambió.

JORGE: Con el asunto de los viajes, se acentuaron sus obsesiones de búsqueda. Porque era tan meticuloso, tan puntilloso que, como se obsesionara con algo, te acababa volviendo loco. Él podía recorrer desde Nápoles hasta Trento buscando un silloncito, pasarse años volviendo a los mismos sitios (*comenta con tono de desesperación*). Como cuando descubrió el perfume de Karl Lagerfeld. Un día, mirando una revista de decoración, vio una foto de la bañera de Lagerfeld. Se puso a mirarla con lupa y descubrió que había un frasco de perfume. Ahora es famoso, el perfume, pero yo te estoy hablando de 1989 o 1990... Se llamaba Dyptique, creo recordar. La esencia que Lagerfeld usaba se llamaba «la sombra del agua», «l'ombre dans l'eau». Pues Simón se obsesionó. Lo buscamos durante un año por todo París, Roma, Florencia... No dábamos con él por ninguna parte. Al segundo año, me parece que lo encontramos en el boulevard Saint-Germain; lo preparaban unos perfumeros ancianos (*suspira de alivio*). Simón gritaba por la calle de alegría. Evidentemente, de lo que padecía Simón era de una mezcla de observación y ansias de búsqueda. Ya con el perfume en su poder, en Venecia, en el mismo hotel donde está el Harry's Bar, la gente empezó a pararle y preguntarle, mientras Simón contestaba...

SIMÓN (*se adelanta, orgulloso, haciéndose el zalamero*): Se trata de unas flores extrañas que crecen en lo alto de la montaña... Ahora viene un cliente francés que me ofrece traer; ¿querés que te traiga?

JORGE: Le encantaba sentirse especial...

CHIQUITA: Básicamente, era un charlatán.

JORGE: Otra de las cosas que incorporamos con el tiempo fue los remix musicales para los desfiles. De modo que empezamos a ir a Ibiza, Mallorca y Nueva York a descubrir distintos estilos de música.

SIMÓN: Las cintas que grababa de música que me gustaba, las sacaba de las discotecas de ambiente, acid, disco... Había de todo. Y después de los desfiles, las regalaba.

JORGE: Las vendía. No *las regalaba*.

CLELIA: A principios de los años noventa, descubrieron Nueva York. Se convirtió en otra meca para ellos. Pese a que las influencias estéticas de Simón y Jorge provienen en mayor medida de Italia, Grecia y Francia (el conocimiento de la historia del arte antigua en el caso de Jorge es prácticamente enciclopédico), en Nueva York llegan al escaparatismo y la belleza de lo moderno. Como todos los argentinos pudientes del momento, esa mirada fascinada deja un poco de lado a Europa para centrarse en la metrópolis del mundo por excelencia.

TETÉ: Un año nos fuimos Jorge y yo a París y a Nueva York. Al principio, Simón no quería saber nada de eso, él deseaba solo ir a Europa, puro prejuicio. Pero en cuanto fue una primera vez, ya no dejó de ir. Pasábamos juntos el año nuevo allá, siempre.

JORGE (*mira a Simón, con arrobo*): Yo siempre recordaré el fin de año que estuvimos en Nueva York los dos. Era por Navidad. La Noche Vieja la pasábamos a menudo con Teté, también en Nueva York, que se quedaba hasta el 15 o 16 de enero, y nosotros hasta el 20. Simón me castigó durante veinte años a escuchar a Maria Callas. A mí me encantaba, pero una cosa es un objeto querido y otra una obsesión; era algo enfermizo. Dos o tres horas seguidas cada día. Así que ahí se activó mi fantasía: Callas tenía que convivir con nosotros una Navidad, de modo que le puse un retrato y la sentamos a la mesa. De repente, se convirtió en nuestra invitada y comió con nosotros. Era mi regalo para él.

CLELIA: Simón siempre fue muy inteligente, empezando por la elección de Jorge, porque esa relación fue, sin duda, muy especial, muy particular y muy meritoria.

TETÉ: Formaron siempre una pareja muy sólida. En la última época, ya parecían más hermanos que otra cosa, pero muy sólida igual. En esa pareja, Jorge dice que el

172

creativo era Simón y yo no lo creo tanto. Jorge es brillante, pura luz, uno de los hombres más inteligentes que yo haya conocido en mi vida. Y él se echa tierra encima, pero brilla lo mismo. Es muy creativo, no se hizo creativo al lado de Simón. Tiene mucho sentido común; todo lo que han conseguido es gracias a la buena cabeza de Jorge, que supo ahorrar e invertir a su debido tiempo. En los matrimonios de muchos años pasa eso: queda el cariño, el compañerismo... En el caso de muchas parejas heterosexuales son los hijos; en el de ellos eran los gatos y toda una comunidad de amigos. Y saber lo que el otro sabe, lo que piensa y necesita.

JORGE: Si algo no le gustaba, podía ser terrible. Y si le agradaba, no quería dejar de hacerlo. Yo recuerdo un día en que almorzamos en Roma, comimos en Milán y, como el hotel le parecía horroroso, nos fuimos a dormir a Venecia. Todo por evitar lo antiestético. Y lo mismo le ocurría con la música: si le gustaba un show, quería verlo todos los días de la semana que estuviéramos en la ciudad. Con Maria Callas me volvió loco.

CHIQUITA: Todo era estética. Absolutamente todo. Vivía por y para ella, y para el negocio.

JORGE: Yo me acuerdo perfectamente de uno de los viajes que hicimos; estábamos en el interior de Santa Sofía, en Estambul. Simón se paró de repente y se puso a mirar hacia un punto fijo. Miraba bien fijo, hacia un lado. De pronto, me suelta: «Ese arquitrabe..., esa columna está mal hecha porque le quita espacio, y la roseta hubiera tenido mejor perspectiva y mejor altitud si no la cortara». Eso le pasaba cada diez minutos.

173

CHIQUITA: Yo decidí dejarlo en 1994, me dije: «No trabajo más». Demasiada angustia, muchos sinsabores... Era un esfuerzo que no compensaba, aparte de que ya no se parecía a lo que representó al principio. La mejor época fue hasta mediados o finales de los ochenta. Quizá hasta los primeros noventa.

CLELIA: Después del segundo arreglo de la boutique, las cosas empezaron a decaer un poco. Es una cuestión de lógica económica. En la época de Menem, con el dólar de uno a uno y la moneda muy fuerte, la gente empezó a salir, a viajar a Miami y otros destinos, y se comenzó también con la importación masiva. La gente empezó a conocer las marcas y a comprar afuera. Fue la época bautizada en la Argentina como el «deme dos», porque los argentinos salíamos a consumir y nos lo llevábamos todo. Es el momento de los shoppings, y el estilo Versace. Rubias teñidas, dorado imperial... El nuevo rico y el aparato dirigente del país tienen a finales de los noventa un estilo muy representativo que deja de ser patrimonio de unos pocos. Comienza a haber un gusto mucho más globalizado, por otra parte. Gucci, Armani, Vuitton... Ahora ya se puede conseguir en Buenos Aires, ya no es exclusivo del que viaja a Europa. Asimismo, empezó a haber mucha más competencia entre boutiques y otras tiendas. Y si hay alternativas, dejas de ser *único*. Al margen de eso, la gente viajaba y podía obtener las mercancías en el país..., de modo que la exclusividad y el refinamiento pasaban a ser otra cosa, claro. Muchas tiendas empezaron copiando a La Colorada, aunque nunca lograran el glamour que Simón ofrecía. En cualquier caso, ahí fue cuando decidieron cambiar de negocio.

JORGE: El proyecto consistía en llevar a cabo una especie de continuación de La Colorada, pero concentrándonos en las antigüedades, para las que Simón siempre tuvo mucho gusto. La idea era dejar de lado la ropa y remodelar la planta entera que habíamos comprado en Las Heras para que fuera nuestra vivienda y una tienda de objetos de decoración.

TETÉ: Ahí yo creo que empezó a delirar, en serio. La boutique estaba demasiado recargada, y él hacía cosas muy locas. La locura iba en paralelo a la construcción. La casa de Las Heras, tardó entre seis y ocho años en decorarla. ¿Vos sabés lo que es eso? ¿Ocho años de tu vida rompiendo y rearmando? Hacía un baño, no le gustaba, lo rompía y lo volvía a hacer; era de nunca acabar.

CLELIA (*conciliadora*): La idea no era tan mala: se trataba de poner una casa de objetos de lujo y antigüedades, también algo de ropa, y, mientras te servían champán, ir mirando y quedarte ahí a pasar el día, como en una galería de arte.

CHIQUITA: El proyecto de decoración en sí no resultaba viable. Porque eso no debía de ser legal, vender en tu casa, de esa manera. Está claro que, en este país, se puede hacer de todo, pero eso no era viable.

CLELIA: En Buenos Aires, en Argentina, no sé si somos muy creativos, pero sabemos copiar y amalgamar bien. En esa época, había muchas casas de decoración acá y muchas, muy buenas, en donde podías encontrar objetos decorativos de gran calidad. Con respecto a los anticuarios, acá hay unas casas en la avenida Alvear de primerísimo nivel, para las que necesitas mucho capital. Los coleccionistas vienen de todo el mundo a Buenos Aires. Competimos con Londres, Nueva

York y París, en ese negocio. No estamos hablando de cosas viejas, sino de tener que ir a remates de objetos con muchísimo capital. Y Simón podría haber sido un buen coleccionista, tenía el ojo necesario. En realidad, Simón podría haber sido exitoso en cualquier empresa que se propusiera; lo que pasa es que en ese momento ya no estaba bien.

JORGE (*ensombrecido*): Empezó a estar cada vez más maníaco, era evidente. Una vez, en París, encontró una mesa del siglo XVI que le volvió loco y comenzó a hacer llamadas a Christie's y a Sotheby's para preguntarles el precio. Eran cuatro o cinco millones de dólares y él estaba convencido de que se la podía vender a Amalia Fortabat, la fortuna más importante del país. Probablemente sea la mujer más poderosa de Argentina. Yo intentaba frenarlo, pero él ya estaba haciendo cálculos para vender nuestra vivienda y poder comprar la mesa.

TETÉ: Cuando murió la madre de Jorge, Simón ya no estaba bien. Habían pasado toda la noche en vela y Simón insistía en ir a abrir la boutique, pero Jorge no podía ni sostenerse en pie del cansancio.

CHIQUITA: Yo, cuando vi la segunda decoración, ya me di cuenta... Era como cuando comés demasiada torta de chocolate, que te empalaga. Excesivo. Y con la casa de Las Heras pasó lo mismo, pero llevado al extremo. ¿Cómo hacés para limpiar cada frasquito de perfume? ¿Cada estatua? Miles y miles de objetos metidos en un palacio... ¿Para qué? Y entonces le dieron aquella serie de ataques.

TETÉ: Muy triste, todo, en realidad.

*Pausa.*

176

JORGE: No quiero hablar de eso.

CHIQUITA: Yo siempre lo supe, desde el primer momento en que le vi. Simón no era normal. Por eso pudo hacer todo cuanto hizo, pero evidentemente no era una persona normal.

*Fin de la escena y de la representación.*

# Después

¿Qué importa del después?

HOMERO EXPÓSITO

# LAS MAÑANAS CON GRACIELA

*Julio del 2008*

A Jorge le saluda todo el mundo en su antiguo barrio. Ya no viven ahí desde hace diez años, pero nadie olvida que ellos son los dueños de las dos primeras plantas de La Colorada. Me ha citado en un café italiano que hace esquina, a dos cuadras de la casa de ladrillo rojo, y cuando llego, le encuentro hablando con el dueño de forma amigable. La mañana es soleada y tranquila, y la rodilla accidentada de Jorge, que tantos males presagiaba, se ha deshinchado, así que propone dar un paseo por la zona. Tras muchas conversaciones cerca de su domicilio, en Recoleta, con mayor densidad de gente y muchos más coches, la proximidad a La Colorada y al Bajo parece llenarlo todo de comodidad y luz. Jorge se mueve como pez en el agua por la zona, saludando a floristas, tenderos y porteros de fincas regias.

Caminamos charlando hasta el tríplex que tiene alquilado a un diplomático árabe, frente al parque del Zoológico. «Gustan mucho las vistas», me dice. No me extraña. El conjunto de parques ocupa, en realidad, veinticinco hectáreas verdes, junto al río y Aeroparque, el aeropuerto que hay dentro de la ciudad. Se ve que a los inquilinos les maravilla poder ver tanto a una jirafa como despegar un avión. Llegamos hasta la finca, alta, clara, lujosa, que debía ser su casa hasta que a Simón se le ocurrió la idea de la tienda de antigüedades en su casa de Las Heras, junto a la plaza Vicente López. En la última etapa, el «afán ahorrador bancario», como dice Jorge burlándose un poco de sí mismo, les salvó. Jorge no tiene muchas ganas de hablar de cómo sucedió todo. Al final de los años noventa, Simón ya no estaba nada bien. Trabajaba demasiado, no dormía y seguía trabajando. Para colmo, por más que Jorge lo niegue, el negocio no iba tan bien como antes. La primera parte de la década había sido muy fructífera, pero la segunda no. Las medidas económicas del primer gobierno de Carlos Menem les habían beneficiado en un principio. La paridad ficticia entre el peso y el dólar había traído consigo una gran entrada de capital exterior, favoreciendo el enriquecimiento y el consumo de la clase alta, aunque a partir de 1996 se convirtiera en un arma de doble filo para negocios como el de ellos. El consumo de productos de lujo en Argentina se dobló en veinte años. Los compradores son ahora otros: una nueva clase de políticos, empresarios industriales, nuevos empresarios de las puntocom y, con el auge de la exportación, empresarios agrícolas. Y esta gente encuentra ya un gusto por la moda mucho más globalizado. Hay tiendas de lujo donde están todas las marcas extranjeras. Armani, Vuitton, Dolce & Gabbana, son prohibitivas pero conocidas, como en cualquier otra capital del mundo. Hacer el shopping en Miami se convirtió pronto en un deporte de nuevo rico. Y, ahora, cualquier boutique compra lo que quiera por internet.

Jorge relata ese cambio a su manera, muy gráficamente:

«Ahora Armani es como el Dios omnipotente y omnipresente, que está en todos lados. El mercado globalizado es otro. Nosotros... hacíamos una cosa distinta, era una especie de juego. Un juego de casas de muñecas, un juego con las clientas, un decorado de sueños».

«El jueguito», casi puedo volver a oír a Chiquita en mi cabeza, burlándose de las ensoñaciones de Jorge.

La casa de Las Heras, el sitio concebido en un principio para disfrutar de una etapa más tranquila, de jubilación, pasó a ser para Simón justo a mediados de los noventa otro proyecto de negocio y, por lo tanto, la persecución de otro sueño y otra escenografía: un hogar donde vivir, pero también una casa de antigüedades. Era una buena idea que no acababa de cuajar del todo y Jorge lo sabía, aunque, como siempre, por no incomodar, siguió apoyándole.

Para cuando tenían la casa en condiciones, coincidiendo con el auge de los nuevos centros comerciales, los shoppings, Simón decidió redecorarla entera. Tardaron seis años. Como explica Clelia, hacía remodelar un baño, después no le gustaba y lo rehacía de nuevo. La casa-negocio debía lucir perfecta. En 1999, cuando Simón le dijo a Jorge: «Esto es solamente un borrador, mi proyecto es mucho más grande; todo lo que hemos hecho hasta ahora no es nada», Jorge se asustó. Y entonces Simón se puso muy mal. Muy, muy mal. Jorge lo dejaba por las noches recortando figuras de modelos, una tras otra, de entre la montaña de revistas que tenían, maníaco perdido. Cuando le internaron, con una crisis nerviosa, Jorge decidió acabar con todo. El internamiento de Simón coincide con el descalabro económico del gobierno de De la Rúa. Al paulatino menoscabo de los ingresos de los asalariados, se le sumó una tasa de paro que llegó al 18 por ciento y, entre el 2000 y el 2001, se dobló el número de personas que vivían por debajo del umbral de la pobreza. La situación financiera se había desestabilizado hasta tal punto que la fuga de capitales comenzó a ser imparable. Jorge, solo por primera vez en cuarenta años, tomó las riendas: cerró La Colorada, el proyecto de Las Heras y se dedicó a gestionar las propiedades que había logrado salvar de la venta de Simón para su proyecto más ambicioso. Desde entonces, viven cómodamente de esas rentas. Apenas gastan y viven tranquilos.

Jorge y yo nos encaminamos por el barrio hasta la tienda de Graciela, una nueva amiga que tiene un local a tres manzanas de La Colorada. Allí es donde Simón pasa ahora todos los miércoles por la mañana, ayudando a Graciela, la dueña de una bonita tienda de marcos. Simón le ayuda a despachar y a reorganizar el aparador. Así se divierte y relaja. Por lo general, Graciela charla con Jorge y Simón, y sirve té. Poco después, Jorge se escabulle unas horas para «hacer los mandados», que incluyen visitar bancos, tomar algún café con el encargado de la inmobiliaria que gestiona sus propiedades y dar un paseo. Jorge disfruta de ese tiempo del que dispone para sí hasta el mediodía. Si hay sol, es mejor. Si no, va en taxi a hacer lo que tenga pendiente.

Mientras tanto, Simón finge trabajar. Ordena marcos, se fija en qué cambios ha habido durante la semana y, sobre todo, arregla el escaparate. Es su especialidad y puede pasar horas entretenido con eso. En realidad, pasa el rato cambiando telas, añadiendo objetos, creando la armonía perfecta. «Esto va acá. Esto va allá.» Cuando voy a la tienda, el escaparate consiste en una columna corintia, unos terciopelos y un cuadro decimonónico. Graciela dice que la gente ahora se para mucho más que antes y debe de ser

184

cierto. La tienda es pequeña, pero mientras charlamos no deja de entrar gente.

Graciela, una agradable morena de cuarenta y tantos, me explica que ella no les conoció cuando tenían La Colorada, aunque supo de ellos porque eran muy famosos en el barrio. Reconoce que Simón debe de haber tenido «un talento espectacular», dice, maravillada. «Como Versace, podría haber sido. Hiciera lo que hiciera, lo hacía bien.» Jorge sonríe, paciente.

Para distender el ambiente, le pregunto a Jorge sobre el rodaje de *Siete años en el Tíbet* y los dobles de Brad Pitt. «Bah, por alguna razón de abaratamiento de costes, la película fue parcialmente rodada en Buenos Aires. Le alquilamos la primera planta a la productora. Nada más», dice, desdeñoso. «¿Nada más?», pregunto, esperanzada. «Y... ¿qué querés? Ya te dije que a nosotros esas cosas no nos interesaban mucho.»

Mis prisas y yo, nuestro glamour por asociación, todo al garete.

El orden de los días es estricto y, a la vez, placentero. El orden se ha vuelto necesario en la vida de Simón, que ha regresado al teatro. Ahora hace teatro musical los lunes, mientras que los martes van al cine. Los miércoles quedan con Graciela. Los jueves tienen teatro de nuevo. Y los viernes se quedan en casa. Los domingos juegan a las cartas con Chiquita todo el día. A veces se les une Carmen Yazalde, que tiene mucho tiempo libre, y hablan de sus cosas, mientras juegan y juegan sin cesar. A Simón le encanta jugar a las cartas, obtiene un disfrute concreto, preciso. Y cuando se empieza a perder un poco, o se pone nervioso, Jorge le recuerda cosas que vivieron en el pasado, anécdotas de los viajes, y Simón vuelve a ponerse de buen humor. Jorge cuenta la anécdota de cuando Simón quería

185

cambiar las proporciones de Santa Sofía porque decía que un pilar estaba mal puesto, y todo el mundo se ríe. Y si todo el mundo se ríe, Simón sabe que todo está bien, que todo va a estar bien.

# QUINTA LECCIÓN DE LA HIJA DE LOS EMIGRANTES ARGENTINOS: LA MUERTE

No, claro, quedaba una. Una más.

Para determinar la duración de esta etapa o lección hay que ubicarla en este viaje. Aquí estoy. En el presente. Entrevistando a Jorge y Simón, Carmen Yazalde, Chiquita o Clelia, mientras acabo de volver de Campo Sagrado, donde vi la vía del tren de su infancia. He bajado del colectivo en Santa Fe, diez años después de bailar cumbia en aquella discoteca calurosa, y he tomado un taxi hasta el cementerio. Voy a visitar la tumba de mi abuela.

Esta etapa o lección es dolorosa, pero por el desconcierto con el que asoma. Esta etapa, tras comentarla con las otras tres cobayas amigas, nos golpea de una manera extraña. La muerte del familiar se hace difícil porque no tenemos tradición. Nuestra costumbre inventada son unas castañas carbonizadas en el horno. Nuestro hábito es la inexperiencia. ¿Cuánto se debe echar de menos a una abuela a la que ves cada dos, tres o cinco años? Escribo esta pregunta y se me llena el pecho de culpa. A medida que avanzaban los años, a partir de la adolescencia, las cuatro detectamos otro síntoma común: el horror a la despedida.

Las despedidas, en cualquier lugar, si son importantes, se convierten en traumas con múltiples aristas. María opta por un abrazo rápido, un beso y una sonrisa de circunstancias, se da la vuelta y ya se ha ido. ¡Zas! Como cuando te quitas rápidamente una tirita. Julia se empieza a poner enferma tres días antes de viajar de vuelta a Barcelona y guarda cama hasta el momento de ir al aeropuerto. Yo opto por no despedirme. En las cenas, fiestas o agasajos de amigos, me voy sin que nadie me vea y elimino el trámite. Hay quien piensa que es para darme importancia. Ojalá. Las últimas despedidas de mi abuela fueron siempre tristes de forma unilateral, porque ella ya no me reconocía. Hacía tiempo que había dejado de reconocer a sus allegados, pese a que seguía, físicamente, gozando de buena salud. Despedirme de ella me ponía una pelota en la garganta porque sabía que, a lo mejor, era la última vez que nos veíamos. Despedirme significaba enfrentarme a su muerte. En Argentina, ese acto siempre suponía enfrentarse a la muerte; era lo contrario de lo cotidiano, lo convertía todo en excepcional.

La vida de mi abuela no había sido mala durante esa última etapa. Se sentaba a tejer, miraba la tele un rato, comía con la chica que la cuidaba e iba a la iglesia para asistir a misa. Mi abuela recuperó la fe católica tras la muerte de mi abuelo. Teniendo en cuenta que se había casado con un judío secular, era algo que nos daba cierta tranquilidad a todos: la religión da esperanza, o eso quería creer. De un viaje a Irlanda, yo le había traído un rosario de cuentas de mármol verde, bendecido por un Papa, y ella lo usaba mucho. Mi abuela, de joven, había tenido el pelo negro, la cara muy bonita, y había sido maestra de escuela. Cada día se frotaba la cara con limón y durante muchos años saltó a la comba para mantener la forma física.

De todos mis parientes, mi abuela fue la persona con la que tuve más trato. Siempre que iba a Argentina, me quedaba en su casa y, mientras estuvo lúcida, hablábamos mucho. No cocinaba apenas, le gustaba mucho la ropa y quedar con sus amigas a tomar el té. Cuando ya tuve dieciocho años, le pregunté cómo había sido para ella que dos de sus hijos –mi padre y su hermana– se hubieran ido tan lejos, y me dijo: «Fue triste, pero sé que allí están bien». Mi abuela era dura. Cuando le pregunté por la dictadura militar, me contó que cada noche iba a comprobar que su hijo menor, Roberto, que todavía vivía en casa, estuviera durmiendo porque tenía mucho miedo de que se lo llevaran. Tenía sus razones (mi tío militaba en una asociación estudiantil). «Fue como un nazismo, pero tuvo lugar aquí», me dijo esa vez, cuando hablamos. La muerte de mi abuela me había pillado en Barcelona, dos años antes. Con ochenta y ocho años había muerto en el hospital, mientras mi padre estaba en pleno vuelo, alertado apenas unas horas antes de la gravedad de su estado. El llanto por mi abuela duró dos días enteros. Cuando empecé a llorar, no pude parar. Nada parecía consolarme. Mi novio de entonces me abrazaba mientras yo lloraba y lloraba. Dos días más tarde, dejé de llorar y la vida siguió.

La falta de costumbre terminaba pasando factura, de una manera u otra. El desconsuelo ante la muerte de nuestros seres queridos, con toda esa distancia de por medio, se manifestaba en nosotras de alguna forma. En eso no éramos distintas de nadie.

Hoy, en este taxi, me dirijo a las afueras de la ciudad, donde se halla el cementerio municipal. En mi vida familiar apenas hubo fotos y nunca cementerios. No tengo ni idea de dónde está el resto de mi familia muerta. Solo sé que mi abuelo paterno quiso que sus cenizas las tiraran al río Paraná, y que alguien se encargó de hacerlo, pese a que no sabemos si eso era legal.

Así que cuando me bajo del taxi, le pido que vuelva en una hora; compro unos claveles en la puerta del cementerio y me guío por un mapa que me dan en la entrada. A diferencia de los cementerios de Barcelona que conozco, este es caótico. Hay panteones desconchados mezclados con tumbas más modestas, todos rodeados de hierba seca crecida, y recuerdos colocados por las familias medio caídos entre los sepulcros. Todo tiene un aire decadente. «Quizá sean las flores podridas», me digo, pero no es eso. El cementerio es exactamente como todo lo que conozco de Santa Fe: la pintura se cuartea y se desluce, la piedra se ennegrece, el cartel amarillea. Todo envejece sin que nadie pretenda que se trata de otra cosa diferente de la propia decadencia.

Los nichos se encuentran en los extremos laterales del cementerio y cuando llego ya empieza a declinar el sol. Me invade la congoja y, finalmente, encuentro la placa con el nombre de mi abuela: Belkys Lijtmaer Calderón. La placa es sencilla, lustrosa y sobria. Comienzan a rodarme lagrimones por las mejillas, mientras intento recomponerme, repitiéndome que le estoy llorando a una placa, pero me acerco y la acaricio un poco y le pongo flores y le hablo.

Le estoy hablando a una placa, pienso, traicionando a mi tradición familiar atea, pero eso no me hace dejar de llorar. Vuelvo a tocar la placa y la pared blanca encalada del nicho y lloro y lloro sin poder evitarlo. Todo se mezcla. El río marrón, la laguna de Guadalupe, la enfermedad, la muerte, la sangre, los visos de las abuelas sentadas en las aceras, la sandía, otra vez el río.

En el río Paraná, las cenizas de tu abuelo, oigo decir a la voz de mi padre.

En el río está la muerte, pienso, no aquí. Tu otro abuelo pescaba en el Paraná y cuando hacía frío tiraba la caña desde dentro del auto, oigo decir a la voz de mi madre. Y aun así, pese a que esa anécdota sea tan bonita y tan vital, en el río está la muerte. Santa Fe está entre dos ríos; Buenos Aires, en su desembocadura. Y en aquel viaje adolescente iniciático, fuimos a la costanera con Nico y Jerónimo y los chicos a ver salir el sol, justo en ese río. «¿Dónde van a parar los muertos?» Mi abuelo nadaba y yo con él, de pequeña; en aquel viaje de las sandías, tenía ocho años, y antes, menos, y antes todavía, muchos menos, y cuando nosotros subíamos a un avión, la gente moría en el río, los tiraban del avión al río, amordazados al río, quién se despide de la gente, quién se despide de mí y de ti y de la abuela, y para irse hay que volver a pasar por el río marrón que llega hasta el mar donde las aguas se mezclan, mientras nosotros nos elevamos dejando atrás a los muertos porque tenemos que vivir.

Se va a poner el sol de un momento a otro, me digo, intentando contener tanto llanto, mientras se filtra un chorro de luz de color miel por el pasillo en el que estoy. Debería quedarme todo el tiempo que considere necesario, pero no lo hago. Me seco las lágrimas y, después de un rato, me obligo a irme.

Cuando logro encontrar la salida, el taxi está esperándome.

Debo subirme a un avión. De camino al aeropuerto, mi tío Roberto me llamará y dejará un mensaje en mi buzón. No sabía que hoy me iba; le he dado esquinazo. Una despedida menos.

191

# LA CASA DE LAS HERAS

*Julio del 2008*

En el techo de la cocina de la casa de Las Heras hay unas molduras blancas preciosas. Si dejas de fijarte en las molduras y bajas la vista, llegas a los fogones lustrados de bronce; de ahí, directamente, sin apartar la mirada, a las llaves de paso que combinan exactamente con toda la base de la cocina. Es un mueble hermosísimo, el de la cocina; grande y amplio. No se utiliza nunca porque no funciona, es meramente decorativo. Al fondo, cerca de la televisión, hay una cocina de fogones más humildes, pequeños, que es la que usan. La primera cocina, la que es perfecta, forma parte de la idea de Simón para el que iba a ser el negocio de la casa de Las Heras.

Su traslado a esta casa supuso un alejamiento del que había sido su hábitat tradicional, cerca de Libertador. En realidad, se encuentran tan solo a unas veinte manzanas de La Colorada. Veinte calles en Buenos Aires apenas es nada. Pero aun así, dejaron de ver a mucha gente de su antiguo barrio.

Desde la cocina de Las Heras, se intuye un Buenos

Aires bonito en ese julio frío y sin embargo casi primaveral. El verdor de la plaza Vicente López recuerda a París. Algunas aceras siguen rotas, como para desterrar un poco la idea de ciudad europea, pero pese a ello el corralito quedó atrás. Buenos Aires se ha reactivado, la gente ha vuelto a consumir y a salir. Parece haberse cumplido la máxima de siempre: una ciudad como esta nunca puede ser aniquilada. Sigue en pie. Ondean las briznas de césped en la plaza; hay un rumor lejano en la fuente del centro. Aunque nosotros no podamos oírlo desde la cocina. Hemos vuelto de recorrer el interior de la casa, el proyecto original de la tienda, y ahora estamos sentados a la mesa con hule, tomando el té y unas galletas de chocolate.

Hemos dejado atrás las pilas y pilas de revistas que llenaban varias habitaciones, hemos cerrado la parte de lo que debía ser la tienda para regresar a la zona útil de la casa. A los entresijos de la casa. Al hombre que maneja los hilos.

Simón me mira y el retrato de Maria Callas me mira a su vez, apoyado sobre un televisor enorme. Simón me mira y yo le miro.

De repente, suelta una carcajada, larga, estentórea y su barriga asciende y desciende con su risa. En estos días, lleva siempre puesto un pantalón de franela y el mismo jersey cruzado de color lila fuerte, un lila vivo. Es su nuevo uniforme. Ya no más azul marino de modisto creativo. Sobre él caen las miguitas de las galletas, y se sienta muy recto, adoptando una buena postura. Hablamos un rato, y compruebo otra vez que sus respuestas son precisas y rápidas, quirúrgicas, como solía ser la distancia entre las perchas. A ratos, se adormece mientras hablamos. La medicación.

Y de repente, me dice: «Ahora cada día es distinto. Cada día es empezar de cero».

Simón me mira y yo le devuelvo la mirada. «¿Acaso no sabíamos cómo iba a terminar? Lo sabíamos, sí. Detrás del telón no había nada, nena. Viniste buscando la magdalena de Proust. Comé, nena, comé.» He de acabar como empiezo. Tengo que tomar otro avión. Todos lo sabemos.

«La mamma morta» canta la Callas y, de golpe, es como si se elevara la música, por encima de mí, de él, del próximo domingo con Chiquita, Jorge y Carmen, lejos de esa salita recogida, mucho más lejos de las galletas de chocolate, más allá del té dulzón de jazmín y entonces hay un fundido en negro y todo termina.

FIN

194

# AGRADECIMIENTOS

Este libro es, por encima de todo, de Jorge y Simón. Su generosidad, amabilidad y franqueza frente a algo que no necesariamente tenía sentido en un principio me acompañarán siempre.

Otras personas participaron desinteresadamente y me cedieron su tiempo y su ayuda, con ellos estoy en deuda por su afecto: Cecilia Bourlot y la familia Bourlot al completo; Germán García y sus lecturas; Susana Saulquin, que fue primordial para entender la historia de la moda argentina; las interpretaciones de la historia reciente de Susana Belmartino; Daniel Musitano y Virginia Persello, y las lecturas constantes y los consejos de Cristina Fallarás. En esta edición quiero extender mi agradecimiento a Jorge Carrión, que vio en el libro el potencial de ser publicado, y a Laura Fernández, mi astronauta amiga en el espacio exterior. Este libro está también dedicado a Nicolás Villamil, *in memoriam*.

# ÍNDICE

*Prólogo a esta edición* . . . . . . . . . . . . . . . . . . . . . . .  11
NOSOTROS . . . . . . . . . . . . . . . . . . . . . . . . . . . . .  15
ANTES . . . . . . . . . . . . . . . . . . . . . . . . . . . . . . . .  35
Al principio . . . . . . . . . . . . . . . . . . . . . . . . . . . . .  37
Buenos Aires, 19 de diciembre del 2001 . . . . . . . . .  42
La infancia de Simón . . . . . . . . . . . . . . . . . . . . . . .  48
Camino de Campo Sagrado, 2008 . . . . . . . . . . . . .  53
Quebrarse . . . . . . . . . . . . . . . . . . . . . . . . . . . . . . .  66
Tomando café en Recoleta . . . . . . . . . . . . . . . . . . .  70

DURANTE . . . . . . . . . . . . . . . . . . . . . . . . . . . . . .  73
Acto I, escena I: El encuentro . . . . . . . . . . . . . . . . .  75
Acto I, escena II: Los baúles mágicos . . . . . . . . . . . .  82
Yo soy La Colorada . . . . . . . . . . . . . . . . . . . . . . . .  89
Una tarde con Clelia y Chiquita . . . . . . . . . . . . . . .  94
Acto II, escena I: Las cazaba como
    moscas . . . . . . . . . . . . . . . . . . . . . . . . . . . . . . . .  97
Primera lección de la hija de los emigrantes
    argentinos: El poncho . . . . . . . . . . . . . . . . . . . . .  110
Cartomancia . . . . . . . . . . . . . . . . . . . . . . . . . . . . .  115

Segunda lección de la hija de los emigrantes
    argentinos: El relato de la dictadura . . . . . . . . .   118
Los nombres de Carmen . . . . . . . . . . . . . . . . . . . .   121
No me preguntes más . . . . . . . . . . . . . . . . . . . . . .   132
Tercera lección de la hija de los emigrantes
    argentinos: El novio argentino . . . . . . . . . . . . .   136
Acto II, escena II: Como un príncipe . . . . . . . . . .   140
El taxi . . . . . . . . . . . . . . . . . . . . . . . . . . . . . . . . . . .   151
Acto III, escena I: Los colchones en el piso . . . . . . .   155
A trece mil kilómetros . . . . . . . . . . . . . . . . . . . . . .   160
Cuarta lección de la hija de los emigrantes
    argentinos: El viaje iniciático . . . . . . . . . . . . . .   163
Acto III, escena II: El frasquito de perfume . . . . . . .   169

DESPUÉS . . . . . . . . . . . . . . . . . . . . . . . . . . . . . . . . .   179
Las mañanas con Graciela . . . . . . . . . . . . . . . . . . .   181
Quinta lección de la hija de los emigrantes
    argentinos: La muerte . . . . . . . . . . . . . . . . . . . .   187
La casa de Las Heras . . . . . . . . . . . . . . . . . . . . . . .   192

Agradecimientos . . . . . . . . . . . . . . . . . . . . . . . . . . .   195